유리벽

유리벽

초판 1쇄 인쇄 · 2022년 5월 1일
초판 1쇄 발행 · 2022년 5월 10일

지은이 · 송하선
펴낸이 · 한봉숙
펴낸곳 · 푸른사상사

주간 · 맹문재 | 편집 · 지순이 | 교정 · 김수란
등록 · 1999년 7월 8일 제2-2876호
주소 · 경기도 파주시 회동길 337-16(서패동 470-6)
대표전화 · 031) 955-9111(2) | 팩시밀리 · 031) 955-9114
이메일 · prun21c@hanmail.net
홈페이지 · http://www.prun21c.com

ⓒ 송하선, 2022

ISBN 979-11-308-1913-6   03810
값 18,000원

유리벽

송하선 시선집

푸른사상
PRUNSASANG

내가 어느덧 여든다섯 살이 되었다. 옛날로 치면 극노인에 해당되는 나이지만, 이날까지 돈도 안 되는 이런 일을 하며 여기까지 왔다.

대학에서 30년 동안 현대시론 강의를 했다지만, 그런 강의가 곧 시작(詩作)으로 이어지는 것도 아니었다. 이론이 강하다 해서 곧 수작(秀作)이 나오는 것은 결코 아니라는 말이다.

아무튼 더 늦기 전에 그간 나온 10권의 시집 중에서 85편을 골라보았다. 알곡인지 겉보리인지는 모르지만, 나이에 맞춰 추려봤을 뿐이다.

이 시집의 어느 한 구절이라도 독자들의 가슴속에 풍금 소리처럼 남아 있기를 기대할 뿐이다.

2022년 5월
송하선

| 차례 |

제2부 사랑을 위한 서시

제3부 달이 흐르는 강물처럼

제4부   꽃과 나비

제1부

풀꽃의 설법

은어(隱語)

시인은 원래 은어를 좋아하지만,
은어(隱語)가 많은 세상은
분명 좋은 세상은 아니지.

마치 섬들이 바다 밑에선 서로
연결돼 있는 것처럼
요즈음 세상은 왜
은어가 물 밑에 그렇게 무성한지
연결돼 있는 은어들은
왜 그리 많은지.

하기야 왕조 시대에도
은어가 무성했던 시대는
더러 있었던 것을 우리는 알지.

그리고 그런 시대는 분명
좋은 세상은 아니었다는 걸
역사에서 배워 알고 있지, 우리는.

유리벽

할머니가 입원하신 요양원에는
유리벽이 있어요.
손과 손을 유리벽에 대고
사랑의 말을 전하려 해도
애타게 애타게 할머니를 불러도,

귀가 먹먹해 서로의 말이
서로의 사랑이 전달되지 않네요.

주름살이 지고 백발이신 할머니는
오늘은 유난히 어린아이처럼
웃고 계시네요.
코로나라는 몹쓸 병 때문에
만나지도 못하고
유리벽을 두들기며
말하고 말하고 또 말해봐도,

이승에서 하는 말이지만

마치 저승에서의 말인 것처럼

할머니의 말은

먹먹하게 먹먹하게 들리지 않네요.

고요한 저녁

저 서편 하늘에 붉은 태양이
붉게 물들고 있다는 것만으로도,

삼시 세끼 다스운 밥을 먹고
고요한 저녁을 누릴 수 있다는 것만으로도,

그 얼마나
행복한 일인가.

저 푸른 하늘에 흰 구름이 솜처럼
유유히 떠돌고 있다는 것만으로도,

새들이 푸른 하늘을 자유롭게
날고 있다는 것만으로도,

그 무엇을

더 바랄 것인가.

6·25를 상상하고 우크라이나 사태를 보듯
포탄이 불바다를 이루지 않는 것만으로도,

전쟁이 이 땅에 터지지 않고,
일정한 하루의 생활을
고요한 저녁을 맞을 수 있는 것만으로도,

그대는

— 오계명(五戒銘)

높게
그러나 아주 높아져버리진 말고
높아지려는 마음이게,

깊게
그러나 아주 깊어져버리진 말고
깊어지려는 마음이게,

넓게
그러나 아주 넓어져버리진 말고
넓어지려는 마음이게,

밝게
그러나 아주 밝아져버리진 말고
밝아지려는 마음이게,

그러나 그러나 아름답게

아주 아름다워져버리진 말고
아름다워지려는 마음,
그렇게 살아주 그대는.

가을에

가을엔 낙엽 떨어진 산길을 걷겠습니다.
무엇인가 잃어버린 게 있는 것 같아서
낙엽길 걸으며 생각해보겠습니다.

가을엔 황혼이 물드는 산길을 걷겠습니다.
문득문득 시가 떠오를 것 같아서
저녁노을길 걸으며 생각해보겠습니다.

아아 나의 가을이여
이제는 나의 인생도 회춘할 수 없는 가을이 되고,

가을엔 낙엽 떨어진 산길을 걷겠습니다.
나뭇잎 붉게 익어가고 과일이 농익어가듯
농익어가는 시 한 편 꼭 쓰고 싶습니다.

천 년의 바람이 되어

천 년의 바람이 되어
저승 어디쯤인가 가리
내가 무엇인지. 무엇이 되어 갈 것인지
어디쯤 갈 것인지는 모르지만,
아마 천 년의 바람이 되어 떠나리.

갈대밭으로 서걱거리는 갈대밭으로
검은 비 내리는 공동묘지의 잔디들을
쓰다듬기도 하고,
때로는 사막의 모랫바람이 되어 가야 하리.

그러나 아직도 남아 있는 눈썹달을
찾아가리
허리 굽은 고갯길도 넘어
허리 굽은 들판도 넘어
하여간 어디쯤 가서
꼭 이제 허리 굽은 눈썹달을 만나리.

꽃을 바라보고 있으면

꽃을 바라보고 있으면
누군가 문득
웃으며 걸어오네.

꽃을 바라보고 있으면
누군가 문득
향기를 내며 걸어오네.

라일락을 바라보고 있으면
라일락 향기를 내며
걸어오고,

모란꽃을 바라보고 있으면
모란꽃 향기를 내며
걸어오네.

꽃을 바라보고 있으면

안개꽃처럼 아른아른
걸어오는 사람 있네

늙은 학처럼

산을 아름답게 보려거든
적당한 거리를 두고 바라보라.
산속 깊이 들어가보면
보고 싶지 않은 짐승들의
갈등과 약육강식과 생존경쟁,
정말 안타까운 민낯이 보이나니,

세상을 아름답게 보려거든
적당한 거리를 두고 바라보라.
너무 가까이 밀착해 보면
보고 싶지 않은 사람들의
갈등과 빈부격차와 생존경쟁
정말 안타까운 민낯이 보이나니,

사람을 아름답게 보려거든
적당한 거리를 두고 바라보라.
그 사람의 내면으로 깊숙이 들어가보면

보고 싶지 않은 사람들의
안타까운 민낯이 보이나니,
정말 늙은 학처럼 헌거롭게
멀리서 바라보라.

눈썹달

눈썹달 그대를 향해 날아가는 길은
어찌 이렇게 아득히 멀고도 머언가.
즈믄 밤 즈믄 날 날고 또 날지만
죽지 부러진 새의 날갯짓만 같아라.
아아, 그대 눈썹달에 이르는 길은
이승과 저승 사이의 날갯짓 같아라.

싸락눈

탄생과 사멸의 순간을 상징하듯
싸락눈이 유리창에 부딪히며
부딪히며 사라져버리는구나.

사랑과 이별의 순간을 상징하듯
싸락눈이 허공 속을 유랑하며
유랑하며 흩어져버리는구나.

아아 사라지는 것은 사라지는 것
저렇게 유랑하며 이별하며
허공 속으로 흩어지는 것,
때로는 지나간 불꽃의 순간을
생각나게 하는 것,

오늘은 싸락눈 날리는 걸 보며
지나간 불꽃을 생각하는 시간
천둥과 먹구름을 넘어
그대와 내가 해탈해야 할 시간.

박꽃

내 고향의 달빛은 유난히 푸르스름
했었네. 토담 위로 솟아오른
박꽃들이 달빛의 조명을 받으면
그날 밤의 박꽃은
희다 못해 더욱 푸르스름했었네

유난히 달이 밝은 초저녁
어머님이 샘물을 길어다가 항아리에
부으실 때 물동이를 이고
토담 길을 가실 때
어머님의 모시옷은 박꽃보다도
더욱 푸르스름한 조명을 받았었네

아, 오늘 밤엔
이 도시의 빌딩 위로 검게 그을은
낯선 달덩이 하나 솟아오르고
달덩이 하나가 변두리의 내 집까지

어슴푸레하게 걸어서 오고
어떻게 사는지 안심찮아 그러는지
내 집의 누추한 세간살이들을
기웃기웃 엿보고 있네

내 고향의 그 푸르스름한 달빛은
길이 멀어서인지 아직 오지 못하고
박꽃 같으시던 어머님
어머님의 모시옷을 조명해주던
맑고 푸르던 그 달빛도 오지 못하고
어찌 된 일인지
검게 그을은 달덩이 하나만
낯설게 빌딩 위로 솟아오르고 있네

풀꽃의 설법

이름도 알 수 없는 풀꽃이
부처의 말씀을 전하려 하네

가장 낮은 곳에 앉아 있지만
그러나 해맑은 웃음으로

가난한 잡초 속에 묻혀 있지만
그러나 넉넉한 웃음으로

이름도 알 수 없는 풀꽃이
부처의 설법을 전하려 하네

영을 받은 무당

정말 희한한 일이다
영을 받은 무당을 보면

하늘의 말씀 속으로
그는 무시로 드나들고
사람의 마음 속으로
그는 무시로 드나들고

정말 희한한 일이다
영을 받은 시인을 보면

하늘의 말씀 속으로
그는 무시로 드나들고
사람의 마음 속으로
그는 무시로 드나들고

나목의 시

바람 부는 언덕에 홀로 서서
너는 왜 그 옷을 벗어 던지는가를
너는 왜 그 열매를
바람결에 하염없이 떠나보내는가를,

타고난 몸짓 그대로
바람 속에 눈보라 속에 서 있는가를
여든 무렵 자연인의 자격이 되어
비로소
다시 눈뜨며 바라보게 되네.

모든 집착을 벗어버리고
열매만은 남기겠다는 욕망을
훌훌 털어버리고
이제 신(神) 앞에 기도하듯 서 있는
너를 보면,

부질없는 욕망

허허로이 털어버려야 된다는 것을,
부질없는 사랑도
하염없이 떠나보내야 된다는 것을.

가시고기 아비의 사랑

가시고기 아비는 입이 있어도
말하지 않는다 할 말이 많이 있어도
말하지 않는다
다만 어린아이들을 보호할 뿐
어린아이들에게 먹이를 물어다줄 뿐
말하지 않는다
묵묵히 아비의 노릇을 할 뿐

그것이 아비로서의 사랑이라는
말조차도 하지 않는다 사랑이 가슴속에
있다는 말조차도 하지 않는다
다만 어린아이들의 먹이를 위하여
제 일생을 모두 다 소진할 뿐
모두 다 소진하고 드디어 죽을 뿐
죽음에 대하여 말하지도 않는다
묵묵히 아비의 노릇을 할 뿐

가시고기 아비는 눈물이 있어도

눈물을 보이지 않는다 슬픔이 있어도
슬픔을 보이지 않는다
다만 어린아이들에게 제 살을 먹일 뿐
산산이 부서져 제 살을
아이들에게 먹일 뿐
아픔이 있어도 아픔을 말하지 않는다
묵묵히 아비의 노릇을 할 뿐

시인이여 너는

꽃구름처럼 아름다운 자연의
신비 속에, 어쩌면
보일지도 모르는 신의 언어를
눈여겨보아라 시인이여

해일처럼 밀려드는 이 땅의
번뇌 속에, 그 번뇌
치유할 수 있는 노래 있는지를
귀 기울여보아라 시인이여

시인이여 너는
영원과 찰나 사이 이승과
저승 사이
오늘과 내일 사이를 오가는
영혼의 방랑자

시인이여 너는

그러나 항상 되돌아보아라
구름처럼 왔다 가는
너의 뒷모습 돌아보는 시간을
가져라
네 흔적 엿보는 시간을
그 흔적 더럽힐까 저어하는
시간을 가져라 시인이여

풍장

— 티베트의 풍장 모습을 보고

그것은 자연으로 다시 돌려보내는 일이다
아니다 아니다 그것은
수천 마리 독수리의 매서운 입 속으로
보내는 일이다
독수리의 입 속으로 피 속으로 들어가서
더더욱 매서운 독수리로 부활하도록
하는 일이다

그리하여 매서운 독수리로 하여금
죽은 시체들을 또다시 먹게 하는 일이다
왕성하게 먹고 왕성하게 똥을
누게 하는 일이다
눈 똥은 다시 거름이 되고 그 거름은
다시 새 생명을 탄생하게 하는 일이다
아니다 아니다 그 새 생명을
사람의 입 속으로 다시 보내는 일이다

사람의 입 속으로 피 속으로 들어가

부활한 사람 독수리로 하여금
죽어간 생명들을 시체들을 먹게 하는 일이다
왕성하게 먹고 왕성하게 똥을
누게 하는 일이다
눈운 똥은 다시 거름이 되고 그 거름은
다시 새 생명을 탄생하게 하는 일이다
사람 독수리의
새 생명을 또다시 탄생하게 하는 일이다

산의 속살

산이 거기에 있었네
그래서 나는 산을 올랐네
하나의 산을 오르고 나니
또 다른 산이 웃고
있었네

'산은 산이요 물은
물이로다' 던 큰스님의
참뜻을 생각하며
산을 내려오다 문득
보았네
선녀탕의 요요한 속살을
보았네

아, 투명한 유리 속의
산의 속살
속세의 티끌이 없는

그 고요로움

나는 한동안 넋을 잃고
원시의 그 순결을
묵묵히 들여다보았네

연꽃 (3)

그대, 이만큼의 거리를 두고
그윽이 생각하고 있노라면

물안개 자욱한 호수 위로
환영(幻影)처럼 다시 피어 오르네

아련한 그 미소
한 점 흔들림도 없이

세상살이 그 번뇌
오롯이 지켜보는 것처럼

그대, 거울 같은 수면 위에
보살처럼 그윽이 좌정(坐定)하고 있네

겨울나무

　겨울나무들이 모두들 제 홀로 깊게 명상하는 자세를 취하고 있습니다. 마른 나무 어깨 위에 까마귀 떼를 앉혀 놓은 걸 보니, 아마 죽음 같은 것에 대하여 명상하는 모양입니다.

　겨울나무들이 모두들 제 홀로 깊게 기도하는 자세를 취하고 있습니다. 검은 구름을 몰고 오는 눈보라가 멎을 기미를 보이지 않고 있으니, 아마 구원의 손길을 달라고 기도하는 모양입니다.

　아직도 겨울나무들이 눈을 부릅뜨고 서 있습니다. 산비탈 저쪽엔 진눈깨비가 아직도 안개처럼 깔리고 있습니다.

　겨울나무들이 모두들 제 홀로 깊게 침잠하는 자세를 취하고 있습니다. 산비탈 내리는 진눈깨비 속엔 아직 산까치들이 날아오고 있으므로, 겨울나무는 내일을 기다리며 인동의 시간을 침잠하는 자세로 서 있는 모양입니다.

까치집

까치 부부는 인적이 드문 깊은 산속에는 집을 짓지 않습니다. 아마 그들 부부는 무척 외로움을 타는지, 사람 사는 마을 앞 높은 나무 가지 위에 집을 짓고 아슬아슬 살고 있습니다.

오늘도 까치 부부는 겨울 양식이 충분치 않은지, 혹한인데도 불구하고 열심히 양식을 물어 올리고 있습니다. 진눈깨비 내리는 날씨인데도 때로는 낡은 집을 고치느라 오르락내리락하기도 합니다.

때로는 명상의 시간을 갖는 것인지 마른 나뭇가지 위에 오랫동안 앉아 있기도 합니다.
그들 부부의 명상은 사시사철 끝나지 않는 것 같지만, 특히 오늘 같은 겨울 날씨에는 더욱 쓸쓸한 모습으로 명상에 잠겨 있는 듯합니다.

아마 까치 부부는 노후를 대비하기 위하여 깊게 명상

을 하고 있는 것인지도 모릅니다. 그리고 한편으로는 집을 떠난 자식들이 이 혹한을 어떻게 견디며 살고 있는지, 자못 걱정이 되어서 그러는 모양 같기도 합니다.

강을 건너는 법

꽃을 바라보는 마음으로
저기 저 낮은 곳을 보아라
때로는 이름 없는
풀꽃들과 눈을 맞추거나
인동초 같은 것을 눈여겨 바라보아라.

그대 아직 행복한 것은
물안개 자욱한 강 건너 저 마을
아내가 사립에서 기다리고 있다는 것
그래도 깃들일 수 있는 둥지와
어느 만큼의 양식과
낯익은 시집 몇 권
그대 곁에 놓여 있다는 것,

꽃을 바라보듯
맑은 마음으로 눈을 모으면
노을이 물드는 저 강물도

한 송이 눈부신 꽃으로 보인다는 것,

꽃을 바라보는 마음으로
저기 저 구름을 보아라
때로는 저 구름의 흐름 위에
배를 띄워놓고
그대 영혼 그 배와 함께 흘러가보라.

제2부

사랑을 위한 서시

쑥꾹새 울음

너는, 무슨 설움 그렇게 많아
외딴집 뒷산까지 와서
저승 소리처럼 상여 소리처럼 울고 있나.

묵울대를 아예 꺾는 것처럼
허공에 대고 숲에 대고
피를 토하는 소리로 그렇게 울고 있나.

마치 임방울이 머리를 풀고
쑥대머리 한자락 부르는 소리처럼,
아예 목이 쉬어버린 판소리꾼
폭포수 아래서 지르는 소리처럼,

너는 무슨 설움 그렇게 많아
외딴집 뒷산까지 와서
저승 소리처럼 상여 소리처럼 울고 있나.

신(神)이 내려주는 언어

신이 내려주는 언어를
찾아요, 이제 그대
귀신과도 만나는 나이가
됐잖아요

도시를 아주 과감하게
떠나요, 이제 그대
도시와 결별할 나이가
됐잖아요

신이 내려주는 언어가
들리는 곳, 이제 그대
그 섬으로 가서
그의 말씀을 들어요

섬에는 신이 오는 소리
들려요, 귀가 맑게 트여요

진실로 그대 혼자일 때
그가 오시거든요

갈대

갈대들이 우는 소리를 들은 것은
그날의 황혼 무렵이다.

그 길고 긴 날 하루의
방황의 끝,
그날의 인연의 끈을
끝내 풀지 못하고
황혼이 물드는 창변에
지긋이 앉았을 때

바로 그 시간이다
갈대들이 우는 소리를 들은 것은.

아니다 아니다
그해의 겨울 무렵이다.

그 길고 긴 한 해의

방황의 끝,
남길 만한 그 무엇도 없는 세월을
끝내 흘려 보내고
무엇으로 남아야 될 것인가를
지긋이 생각할 때

바로 그 겨울이다
갈대들이 우는 소리를 들은 것은.

분수를 보며

곧은 소리로 말하는 너의 외침은
이미 자유가 아니다.
드넓은 창공을 향하여 힘껏 외쳐대지만
드디어 너는 스스로 속박을 만들고
너의 자유는 끝내 환상이 되고 만다.

곧은 소리로 말하라고 너를
뒤밀어 올리는 자는 누구인가.
직선으로 돌진하라고 너에게
충동하는 자는 그 누구인가.

너의 그 끊임없는 좌절을
나마 차마 바라볼 수가 없다.
너의 그 끊임없는 굴욕을
나는 더 이상 지켜볼 수가 없다.

돌아서 가라 돌아서 가라 분수여.

직선으로 돌진하지 말고
우회하여 가는 것이 바른 길이다
분수를 모르는 너 분수여.

돌아서 가는 슬기를 지닌 자가
진정한 자유인이다.
돌아서 가는 슬기를 지닌 사람만이
온전한 자유 누릴 수 있다는 것을
우리는 안다 분수여
분수를 모르는 젊은 사랑이여.

목화꽃 누님

흰 옷 입은 누님의 얼굴에서는
홀로 되신 어머님의 슬픈 한평생
산비탈 지슴길 오르내리던 모습이
아른아른
보이는 듯하여라.

흰 옷 입은 누님의 얼굴에서는
산비탈 목화밭 어머님의 흐느낌
그 흐느낌 한 소절마다 피던 목화꽃이
아른아른
보이는 듯하여라.

아, 흰 옷 입은 우리의 누님
단 하나 외아들을 나라에 바치고
아리게도 지새우던 기나긴 세월
그 세월이 아른아른

눈에 어리고,

흰 옷 입은 누님의 얼굴에서는
거룩한 이 나라 그날의 젊은 죽음
강물처럼 피어나던 그날의 목화꽃이
아른아른
보이는 듯하여라.

연꽃 (2)

바람도 그대 앞에 서면
잠이 드네.

구름도 그대 앞에 서면
스러지네.

멀고도 깊은 곳에서 흘러나온
그대의 웃음,

그대의
웃음 앞에 서면,

잠이 들었던 바람도
불현듯 다시 깨어나네.

스러지던 구름도
불현듯 다시 피어오르네.

섬 (1)

살아간다는 것은
마침내
하나의 섬(島)으로 남는 일입니다.

섬 기슭에
파도가 잠시 칭얼대다 가듯
밀물로 왔다가 썰물로 떠나가듯,

내 영혼의 기슭에
잠시 보채다가 떠나는 사람들
영영 이별하며 떠나가는 사람들……

살아간다는 것은
마침내
혼자라는 걸 다시 눈뜨는 일입니다.

섬 (4)

내 마지막 겨울이 오면
훌훌이
그 섬에 가리.

풀뿌리 나무뿌리로
연명을 하며
전생의 이야기 도미*와 함께
그 섬에서 나누리.

내 마지막 겨울이 오면
아내와 함께 훌훌이
그 섬에 가리.

한겨울 내내 사랑의
불을 지피고
도미처럼 아내와 함께

그 섬에 폭삭 삭아버리리.

* 도미 : 백제 설화 「도미전」의 남자 주인공. 개루왕에 의해 장님이 된
    그는, 절개를 지키고 바다 건너 찾아온 아내를 만나 풀뿌리 나무뿌리
    로 연명하며, 숨어 살던 섬에서 그들의 여생을 보냈다 함.

사랑을 위한 서시

사랑한다는 것은
햇빛의 미소를 배우는 일이다.
스산한 가을날 아침 무렵
나뭇잎새의 이슬방울들을
따스하게 어루만지며 잠재우는
햇빛의 미소를 배우는 일이다.

사랑한다는 것은
햇빛의 손길을 배우는 일이다.
스산한 가을날 저녁 무렵
알몸이 된 나무들의 간절한 기도를
차마 떨치지 못하고 쓰다듬어주는
황혼빛의 손길을 배우는 일이다.

아, 우리네 고단한 인생살이에
사랑을 한다는 것
사랑이라는 이름의 꽃을 피우는 일은,

물처럼 그러나 잔잔한 호수처럼
모두 다 끌어안으며
아름다운 동화의 나라를 꿈꾸는 일.

사랑한다는 것은
저 높은 산의 마음을 배우는 일이다.
하늘 아래 큰어른처럼 우뚝이 서서
손 아래 무릎 아래 형제들을 거느리고
묵묵히 묵묵히 미래를 명상하는
저 높은 산의 마음을 배우는 일이다.

삼례의 장날

삼례의 장날
그대 장터에 가거든 보아라.

조선옷 입은 마음으로
주엽정이 한내다리 거슬러 가서 보면,
고산에 사는 옥분이는 고사리 바구니에
쑥꾹새 소리 담아서 오고,
동상면에 사는 삼룡이는 싸리나무 바작에
물방아 쿵쿵거리는 소리 담아서 오고,

조금만 더 그 옛날의 눈으로
되돌아가서 보면
아른아른 되살아오는 할아버지 적 얼굴
징게 맹경 솜리 장터를 돌아서 온
잿놈의 육자배기 가락도
신드러진 멋과 흥으로 거기서 다 만나고,

테머리 질끈질끈 이마에 맨
고부장터 동학군의 목소리도

베들평야 애통이를 언제 돌아서 왔는지
거기서 다 만나고,

삼례의 장날
그대 장터에 가거든 보아라.
조선옷 입은 마음으로 눈 비비며 눈 비비며
손채양 하고 다시 보면,
삼일장 팔일장의 삼례 장터에는
아른아른 되살아오는 할아버지 적 얼굴,

아아 그 옛날, 쇠갈퀴 손으로
죽창 들고 달리던 얼굴
전주 감영으로 금마로 갱갱이로
웨장치며 달리던
주름지고 일그러진 얼굴 얼굴들……

그 얼굴에서 우리의 얼굴을
거기서 다 만나리라.

네 가슴속에는

네 가슴속에는
새 한 마리 날고 있어야 한다.
안개 속에 가로놓인 벽을
넘고 또 넘어서 갈
새 한 마리
언제나 날고 있어야 한다.

네 가슴속에는
깃발 하나 갖고 있어야 한다.
대낮에도 내리는 이 땅의 어둠을
오롯이 서서 지켜보는
깃발 하나
언제나 갖고 있어야 한다.

불씨 하나 타고 있어야 한다.
네 가슴속에는
마지막 절망의 늪에선

부르르 부르르 경련을 일으키던
불씨 하나
언제나 타고 있어야 한다.

사랑 하나 갖고 있어야 한다.
네 가슴속에는
이 시대의 어떤 갈등도
네 것으로 끌어안을 수 있는
사랑 하나
언제나 갖고 있어야 한다.

겨울풀

서슬 퍼런 바람에도
풀들은 아직 살아 있다.
전류가 안으로 안으로 흐르듯
어둠의 땅 속에 아직 은밀히 살아 있는
뿌리들의 훈훈한 교감.

서슬 퍼런 바람 속에서도
풀들은 아직 일어선다.
잠 못 드는 수맥이 물놀울쳐 솟구치듯
눈보라 속 눈보라 속에 은밀히
수런대며 일어서는 풀들의 말씀.

아, 이 겨울은
어디쯤 머언가.

인동(忍冬)의 때에 이는 바람의 칼날에도
휘파람 안으로 불며 불며
아직 살아 있는
풀들의 혼.

죽지 부러진 새처럼 (2)

죽지 부러진 새처럼
눈썹달 그대 하늘
아득히 바라보기만 하고,

죽지 부러진 새처럼
구만 리 그대 마을
아득히 바라보기만 하고,

눈먼 거북이가 바다에서
나무토막 만나듯
아득한 우연이나 생각하고,

죽지 부러진 새처럼
보이지 않는 어둠 속
아득히 안개 속에 가는 길.

바람

또다시 바람이 인다.
그렇게도 많이 지나온 계곡을
바람은 또 간다.

꽃잎 꽃잎마다
가녀린 풀잎사귀마다
입을 맞추고 포복하여 돌아서 온
바람은,

왜 이렇듯 또다시
그리움 아닌 것이 없느냐.
왜 이렇듯 또다시
달려가고만 싶은 것이냐.

또다시 바람이 인다.
그렇게도 많이 지나온 계곡을

바람은 또 간다.

들개처럼 밭으로 산으로
달려가서 볼을 비비면,

왜 이토록 꽃잎마다
누이 아닌 것이 없느냐.
왜 이토록 풀잎마다
사랑 아닌 것이 없느냐.

겨울의 말

겨울의 말은
캄캄한 땅
바람의 칼날 밑에 있네.

겨울의 말은
얼음 밑에
비수(匕首)로 숨기어져 있네.

죽음처럼 고요한
산하에
살아 있는 모든 겨울의 말.

떨림 떨림 이 나약한 떨림들은
말하지 않네
말하지 않네.

봄눈 녹으면

강물이 부풀어 흐르듯이
도도히 흐를
겨울의 말.

나의 시(詩)

나의 시는
종소리였으면 좋겠습니다.
그대 가슴속 깊이깊이 울려주는
종소리 같은 시였으면 합니다.

나의 시는
파도 소리였으면 좋겠습니다.
억만 개의 파도처럼 일제히 울음 우는
그런 시였으면 합니다.

그러나 나의 시는
피리 소리였으면 좋겠습니다.
그대 가슴속 애간장 녹여주는
피리 소리 같은 시였으면 합니다.

하지만 나의 시는
풍금 소리였으면 좋겠습니다.
그대 가슴에 풍금처럼 울릴 수 있는
그런 시였으면 합니다.

여든 살이 넘으면

여든 살이 넘으면
고향의 정자나무하고도
"그래 그래"
말을 트는 사이가 되고,

여든 살이 넘으면
낯모르는 늙은이하고도
"그래 그래"
방귀도 트는 사이가 되고,

여든 살이 넘으면
정처 없이 떠도는 구름하고도
"그래 그래"
말을 트는 사이가 되고,

여든 살이 넘으면
구만 리 떠도는 기러기하고도
"그래 그래"
안부를 묻는 사이가 되고,

국화꽃을 보며

내가 국화꽃을 좋아하는 것은
서리를 이겨내는 고결한 그 기품,
맑고도 깨끗한 그 품격 때문이다.

천둥과 벼락, 무서리와 비바람
그 많은 계절의 순환 속에서도
유독 가을날의 국화를 좋아하는 것은
어머님의 그 기품과 닮았기 때문이다.

아아, 나의 어머님, 우리들의 어머님,
단군할아버지 적부터 내려온 흰 옷
낭자를 올리셨던 우리들의 어머님.

내가 국화꽃을 좋아하는 것은
한평생 인고의 세월을 살으신
어머님이 국화를 닮았기 때문이다.

봄날과 여름날, 가을날과 겨울날

그 많은 꽃들이 피고 지고 하지만
유독 가을날의 국화를 좋아하는 것은
국화꽃이 어머님을 닮았기 때문이다.

모닥불

모닥불이 활활 타오르고 있습니다.
허공으로 허공으로 불길이 솟아오르고 있습니다.
솟아오르는 불길 속에 문득
월남의 선승(禪僧) 한 사람이 보입니다.

당시 티우 정권에 저항하는 뜻으로
사이공 광장에서 분신하던 티치 쾅 툭
군중 속의 가부좌 순간이
불길 속에 환각처럼 아른아른 보입니다.

그가 시커멓게 숯이 될 때까지
꼿꼿이 앉아 가부좌하던 모습,
한 줌의 재가 되어갈 때까지
분신하던 모습이 아른아른 보입니다.

그러나 지금 월남 사람들의 가슴속에
티치 쾅 툭의 그 순간이 스며들어 있을까요?

그들의 가슴속에 핏대 속에
티치 쾅 툭의 영혼이 부활하고 있을까요?

모닥불이 활활 타오르고 있습니다.
허공으로 허공으로 불길이 솟아오르고 있습니다.

푸나무들과 노인

푸나무들이 일제히 웃는다.
내가 푸나무들을 보며 웃으니
푸나무들도 부스스 부스스
기지개를 켜며 일제히 웃는다.

푸나무들이 일제히 우울해한다.
내가 푸나무들을 보며 우울해하니
푸나무들도 푸스스 푸스스
고개를 숙이고 일제히 우울해한다.

푸나무들에게도
영혼이 있는 걸까?

아니다 아니다.
내가 자연인처럼 살며
푸나무들과 함께 교감하고 있으니

그들도 나와 함께
부스스 푸스스 울고 웃는 듯할 게다.

세월호에서의 편지

놓아주세요, 그냥 놓아주세요.
제발 이제 그만 놓아줘요.
팽목항에서 그렇게 울고 있으면
저희들이 발길 돌릴 수 없어요.

이제 우리 어찌하겠어요.
자유로운 영혼으로
하늘나라 날갯짓할 수 있도록
그냥 놓아주세요.

사랑하는 사람이 아직도
그렇게 울고 있으면
저희들이 발길 돌릴 수 없어요.

제발 저희들을 자유로운 영혼으로
날게 해주세요.

장미의 순간

저 아름다운 장미의 순간을 보아라.
선홍빛으로 물들었다가 지는
저 아름다운 장미의 순간을 보아라.

저 선홍빛은
누님의 손길, 바람의 손길,
햇볕의 손길, 이슬의 손길이 모이어,
천둥과 벼락의 손길이 모이어
저렇게 예쁜 선홍빛을 만들어냈느니.

가을날의 어느 날
그대의 집 담장 위에 눈부시게 피었더니
선홍빛으로 눈부시게 피었더니,

잠깐만이다. 잠깐만이다.
저 아름다운 장미의 순간을 보아라.

저 짧고도 눈부신 순간을 보아라.

이 지상의 무대에서 깨끗하게 물러나는
저 아름다운 결별의 순간을 보아라.
자리에 연연하며 물러날 줄 모르는
그대 씁쓸한 것들아.

제3부

달이 흐르는 강물처럼

나비

절대고독이 무엇인지
그 쓰라린 황야를 날아본 사람은 안다.
채워도 채워도 채울 길 없는
날아도 날아도 안식의 나래 접을 곳 없는
그 바람 부는 허기 속을
날아본 사람은 안다.

꽃밭을 찾아 나비가 날듯
영원 허공을 떠도는
이 지상의 허기진 존재들은 안다.
그 스스로도
꽃비 내리는 마을을 찾아가는
한 마리의 쓰라린 나비라는 것을.

풍경

세상에서 가장 아름다운 풍경은
90세쯤으로 보이는 노부부가
갈대처럼 희끗희끗 머리칼 흩날리며
공원의 벤치에 오래오래
손을 잡고 앉아 있는 풍경입니다.

무엇인가 할 이야기가
지나온 시간처럼
머나먼 강물처럼 많은 듯,

끊임없이 조용조용 이야기를 나누며
학처럼 흰 옷을 입고
갈대처럼 희끗희끗
거울같이 비치는 호숫길을
손을 잡고 돌아갈 때의 풍경입니다.

마이산의 안개

알몸을 모두 다 드러내고 서 있는
마이산의 풍광보다는
그 산의 허리께에
아른아른한 안개를 드리우고 서 있을 때
마이산은 가장 아름다운 풍광을 이룬다.

알몸을 지나치게 드러내고 서 있는
아슬아슬한 여인의 모습을 보면
그 여인의 드러난 허리께를
마이산의 풍광처럼
산안개 같은 드레스로 감싸주고 싶다.

과수원에서의 환상

복사꽃들의 웃음 속에는
'평화' 인자(因子)들이 섞여 있나 봐요.
이른 봄날 과수원에 가서
복사꽃 웃음판 속에 묻혀 있으면
그 평화로운 웃음들이
우리들 영혼에도 스며들어
더없이 평화로워지거든요.

복사꽃 웃음판의 과수원에는
늙은 소년들의 웃음인자도
섞여 있나 봐요.
어쩌면 무릉도원에나 살고 있을
늙은 소년들의 바알간 웃음
그 웃음들이 이 과수원에서는
자꾸만 보이거든요.

그리고 그 웃음판 속에 묻혀 있으면

우리들도 마침내
무릉도원에 와 있는 것 같거든요.

달이 흐르는 강물처럼

달이 은은하게 흐르는 강물처럼
그대와 함께 흐를 수 있다면
어디 내생에서라도 다시 만나
그대가 달이 되어 흐를 수 있다면,

은빛으로 그윽히 반짝이는 강물
산기슭을 휘돌아 흐르는 것처럼
달을 안고 은빛 물살 이루며
굽이굽이 휘돌아 흐를 수 있다면,

드디어 은빛 드넓은 바다에 닿아
눈먼 거북이가 나무토막 만나듯
바다에서 그대와 다시 만나
은빛 물살 이루며 함께 갈 수 있다면,

안개꽃처럼 은빛 물살 이루며
영원의 바다에 닿을 수 있다면

그대와 내가 안개꽃처럼
영원의 섬나라에 닿을 수 있다면,

몽유록 (8)

그대, 사랑을 할 때
'영원'이라는 말을 하지 말아요.
'순간'이라는 말도 하지 말아요.

그대 그리움
어느 만큼인지 모르기 때문에,
그대 가는 길
어디 만큼인지 모르기 때문에.
그대 가는 곳
어느 곳인지 모르기 때문에,

'영원'이라는 말로
그대 손을 잡으면
'순간'이 될런지 모르기 때문에,

어디쯤 갈는지 모르는 길
'순간'을 '영원'처럼
영원처럼 살아야 하기 때문에,

몽유록 (9)

자연스럽게
그러나 느리게
마치 마을의 둘레길을 걷는 것처럼,

그러나 맑게
머리를 더욱 서늘하게
마치 편백나무 숲을 걷는 것처럼,

그러나 현자(賢者)처럼
더욱 밝게
마치 자작나무 숲을 걷는 것처럼,

그러나 더욱 겸손하게
조금은 더 우직하게
마치 소나무 숲을 걷는 것처럼.

흔들리는 꽃 (6)

꽃들은 그냥 모두 다 흔들리네

가을 햇볕 아래
그냥 피어 있기는 심심해,

꽃들은 그냥 스스스 흔들리네.

늦게 피는 꽃

늦게 피는 꽃을 눈여겨보았네.
다른 모든 꽃들이 지고 난 뒤에
서리 내리고 눈이 내린 뒤에,

눈(雪)을 밀치고 호젓이 솟아나와
겨울 추위 속에 늦게 피는 꽃,
유독 엄동(嚴冬)의 계절에 홀로
피는 꽃.

그러나 그는
오히려 해맑게 웃고 있었네.
겨울 추위 속에서도
오히려 그는 해맑게 웃고 있었네.

삶의 향기

하늘은 그 품안에
별을 거느리고 있어 더욱 아름답고
땅은 그 품안에
사람을 거느리고 있어 더욱 아름답다.

바다는 그 품안에
진주를 거느리고 있어 더욱 아름답고
꽃은 그 품안에
향기를 거느리고 있어 더욱 아름답다.

아, 아름다운 지상의 시간이여
자칫 이 지상의 시간을
떠나갈지 모르는 허허로움의 시간이여.

아아 그 허허로움도 즐기는 시간,
고독함도 즐기는 시간,

이렇게 늙어가는 것도 즐기는 시간,

고독한 발견의 눈을 거느리고
삶의 향기를 느끼는 시간이여.

손

이 세상에 태어나는 순간부터
나의 손은 무언가를 붙잡으려고 했네.
누군가의 손길이 닿았을 때
처음 움켜잡으려고 했을 때부터
내 손의 이별의 역사는 시작되었네.

나의 손이 이별의 역사라는 것을
상실의 역사이며 놓아줌의 역사
버리고 떠남의 역사라는 것을
오늘은 새삼스레 생각하게 되는구나.
무엇인가 움켜잡으려고만 했던
그것이 바로 슬픔의 근원이라는 것을.

때로는 이 손으로 그리운 이를
붙잡으려 했고, 때로는 이 손으로
그리운 이를 놓아주었고
때로는 담담하게 때로는 허허로이

내 손이 확인한 그 많은 이별의 순간들.

모처럼 다냥한 겨울 한낮에
마디 굵은 손을 보며 호젓이 앉으니,
유리창엔 아른아른 성에가 피고
성에 핀 유리창 밖엔 그 많은 슬픔의
이별의 얼굴들이 보이는구나.

어떤 이는 슬픈 눈빛으로
어떤 이는 행복한 얼굴로
어떤 이는 천치 같은 모습으로
아지랑이처럼 아른아른 보이는구나.

이별한 사람만 아른아른 보일 뿐
나의 손이 진실로 붙잡은 이는
이 세상엔 아무도 없구나.
나의 손은 원래부터 빈손이었구나.

매미의 울음 (1)

한평생 매미처럼
서투른 노래만을 부르다가
이승을 하직한 그 사람
그 사람이 사라지는 뒷모습을
너는 보았느냐

그것이 노래인지 노래 아닌지도
모르면서,
많은 사람들의 가슴에 닿을
피리 소리가 그 노래 속에
있는 건지 없는 건지도 모르면서,
그 노래가 허공으로
재가 되어 공염불이 되어
사라지는 줄도 모르면서,

애간장이 터지게 노래 불렀던
그 사람,

온 생애를 신들린 듯
시를 읊조렸던 그 사람,

그 사람이 사라지는 뒷모습을
매미야
노래 부르는 너는 보았느냐.

매미의 울음 (2)

울어라 매미야
네 목청을 다하여, 네 목청에
불을 질러 노래하라 매미야.
이 광대무변한 우주의
영원의 흐름 위에
찰나를 살고 가는 너의 생애
너와 나는 무엇이 다르겠느냐.

이 영원의 흐름 위에
너도 결국은
외로워서 우는 것 아니겠느냐.
임방울도 외로워서 울다 갔고
장사익도 외로워서 노래한다.
신(神)들도 외로워서
때로는 산속에서 울고 있다.

이 광대무변한 우주의

영원의 흐름 위에
노래하는 일 말고는
또 다른 그 무엇이 있겠느냐
울고 있는 매미야.

신록의 푸르름 위에

신록의 푸르름 위에
억만 개의 빛살을 보아요.

억만 개의 빛살 위에
일렁이는 생명을 보아요.

일렁이는 생명 위에
넘치는 자유를 보아요.

넘치는 자유 위에
흐르는 사랑을 보아요.

아, 신록의 푸르름 위에
티없는 순결을 보아요.

저 늙은 소(牛)는

밭을 가는 저 늙은 소(牛)는
아마 전생에 성자(聖者)였을 거다.
한평생을 노동으로
스스로를 불사르는 희생으로
묵묵히 묵묵히 이타적(利他的) 삶을 살았던,
아마 전생에 저 소는 성자였을 거다.

이승에 와서도
헛된 사람들에게 그걸 가르치려
골고다 언덕 십자가 짊어진 예수처럼,
마지막 한 점까지 불사르려고
머나먼 도축장으로
묵묵히 묵묵히 걸어갔을 거다.

아, 전라도여

전라도의 산하여,
너의 머리 위로
휘적휘적 걸어가는 구름
그 구름의 걸음걸이 속에
오늘은 유난히
너의 얼굴이 보인다.

숱한 영욕의 너의 얼굴
그러나 묵묵히 명상하며 살아온
너의 얼굴
아, 갯땅쇠 시비로 얼룩지던
너의 얼굴.

옥분이는 서울로 가고
거멀난 고향의 너의 얼굴
시인 한하운이 떠돌던 황톳길
짚신 발로 뛰던

황토밭머리 파랑새 울음.

전라도의 산하여
그러나 잊지 말아라.

흙 속에 묻어둔 너의 피리 소리,
안으로 안으로만 흐르던
너의 도도한 혼이
마지막 절망의 늪에선
부르르 부르르 경련을 일으키던 것을.

그리고 우렁 껍질처럼 죽어간
농부의 혼 그 혼의 소리
갯펄 끄트머리에서 들려오던
너의 한숨 소리를.

연꽃 (1)

멀리 두고 이쯤에서
외로운 황홀 속에 있고 싶네.

그리하여 나의 혼이 밝아오고
나의 혼이 깊어가고
나의 혼이 넓어지는
그 오상(五相)의 얼굴을
이만큼의 거리에서 눈여겨보리니,

사랑이여 잔잔한 호수의 마음이여
그대 열반의 한 세계에 이르면
날 어느 목소리로 불러주려나.

그 부르는 소리 은은히 들리면
그때엔 서서히
몸에 밴 먼지를 털으리다.
흔들리는 물결 위에

흔들리지 않는 심지로 솟은
나의 수녀여.

먼 데서도 가까운 미소는
가장 큰 하늘 아래
비인 그 자리에서 보고 싶네.

가을의 시

이 가을 누가 또 떠나고 있나 보다.
저 멀리 화장장에선
연기가 피어오르고, 피어오르는
연기처럼
누가 또 이 세상을 떠나고 있나 보다.

보이지 않는 어둠을 뚫고
살아온 한평생, 그 세월의 무게를
아주 내려놓아버리고
이제는 죽지 부러진 영혼의 날개로
어딘가의 하늘을 날아가고 있나 보다.

삶이란 결국은 혼자서 걷는 길
떠날 때도 결국은 홀로 가는 길,
오직 한 사람 함께 가고 싶겠지만
마지막 이름만 부르다가

홀로 돌아갈 수밖에 없는 길.

이 가을 누가 또 떠나고 있나 보다.
저 멀리 화장장에선
연기가 피어오르고, 피어오르는
연기처럼
누군가의 영혼이 날아가고 있나 보다.

머나먼 그 집

내가 만약
저세상으로 가게 된다면
이왕이면 꽃비 내리는 마을
머나먼 그 집으로 가고 싶다.

복사꽃 피고 복사꽃 지고
사시사철 꽃비가 내리는 그 마을,
늙은 소년들이 복사꽃처럼
웃음판을 이루며 살고 있을 그 집.

내가 그 집으로 가게 될 때
물안개 자욱한 저녁
어슴푸레하게 노를 저어 노를 저어
강을 건너면,
어쩌면 아슬아슬 도달할 수도
있을 것 같은 아, 머나먼 그 집.

나도 그 집에 갈 때에는

늙은 소년이 되어
복사꽃처럼 웃으며, 바보처럼
가물가물
영원한 그 집으로 가고 싶다.

노인과 나무

바람 부는 언덕에
나무들이 한 천 년 기다리며 사는 듯한
몸짓을 하고 있는 것은
이따금 한 번씩
예쁜 새 떼들이 날아와 조잘대기 때문이다.

바람 부는 마을에
노인들이 한 백 년 기다리며 사는 듯한
표정을 하고 있는 것도
이따금 한 번씩
옛날의 소녀들 날아와 조잘대기 때문이다.

늙어가는 법

머리에 흰 눈(雪)을 쓰고 서 있는
은빛 갈대들에게서 배웠네.

이 세상 바람이 살랑살랑 불면
살랑살랑 바람에 흔들리며
흔들리며
소슬한 바람도 즐기며 즐기며
그저 늙어갈 수밖에 없다는 것을.

제4부

꽃과 나비

달밤

달밤이 더욱 아름다운 것은
산과 들과 초가지붕 아래
어두운 그림자가 있기 때문이다.

이쯤 늙은 나이에
멈춰 서서 생각느니,

인생이 더욱 아름다운 것은
굽이굽이 생의 길목마다
어두운 터널이 있었기 때문이다.

저 붉은 일몰의 순간처럼

내가 스스스 저세상에 갈 때
저 붉은 일몰의 순간처럼
평온하게, 더없이 평온하게
이승을 하직할 수 있다면,

밤 바닷물이 스스스 잠들듯
더없이 평온하게 잠들 수 있다면,

저 붉은 일몰의 순간처럼
아름답게, 더없이 아름답게
저 하늘이 목화솜처럼 물들듯
더없이 평온하게 스러질 수 있다면,

그리하여 그 어디 내생에서라도
그대와 함께 어느 별나라에
꽃처럼

다시 부활할 수 있다면,

얼마나 아름답고 눈부신 기쁨이랴.
얼마나 황홀한
윤회로서의 만남일 것이랴.

하늘 아래 첫 동네

지리산 정상을 향해 오르다 보면
'하늘 아래 첫 동네'가 있습니다.
신(神)의 자리에 바짝 가까이
고즈넉하게 자리 잡은 마을입니다.

황혼 무렵 그 마을에 가면
또 다른 영적 세계가 펼쳐질 듯
싶기도 하고, 혹시라도 신의 옷자락이
보일 듯싶기도 하고,

혹시라도 짙푸른 짙푸른 숲속
그 아스라한 어디쯤에서
누구신가
성큼 걸어 나오실 듯싶기도 하여
눈여겨 눈여겨 바라보았지만,

나는 아무도 만난 이 없이

다음 날 산을 내려오고 말았습니다.

구름에 젖으며 이슬비에 젖으며
산을 내려오고 말았습니다.

아무래도 나는
'하늘 아래 첫 동네'의 주민 자격을
아직 얻을 수는 없다는,
언젠가 얻을지도 모른다는
그런 생각들에 젖으며
그냥 산을 내려오고 만 것입니다.

소쩍새 울음

소쩍새는
이승에서만 우는 게 아니라
마디마디 곡절을 담은 소리로
저승에서도 울고 있구나.

깊은 밤 들려오는 저 환청의
울음소리는
그것은 분명 죽은 누이가
소쩍새 되어 우는 소리.
누이는 아직도 원혼으로 떠돌며
저렇게 울고 있구나.

이승에선 듯 저승에선 듯
들려오는 저 핏빛 울음소리,
맺히고 맺힌 누이의 저 울혈(鬱血)을
어떤 실오락으로 풀어주나.
어떤 실오락으로

그날의 인연을 사하여달라 전하나.

속절없이 해답도 없이
이슥한 밤 소쩍새 소리 듣는다.
마디마디 곡절을 담은 저 소리
밤새 내내
소쩍새 울음의 환청에 젖는다.

저녁놀 앞에 서 있을 때

해가 솟을 때보다
더욱 아름다운 것은
서녘으로 떨어지는 순간이다.
하루 종일 해는 바다와
바다의 물결들과 어울려 놀다가도
마지막 작별만은 못내 아쉬운 듯
떨어질 듯 말 듯
머뭇머뭇 머뭇거리고 있는
저 서녘 하늘의 일몰의 순간.

처음 만날 때보다
더욱 아름다운 것은
그대 헤어지는 순간이다.
하루 종일 그대와 나는 산과 들판과
들판의 꽃들과 어울려 놀다가도
마지막 작별만은 못내 아쉬운 듯
헤어질 듯 말 듯

머뭇머뭇 머뭇거리고 있는
그 저녁 무렵의 작별의 순간.

그 순간
저녁놀 앞에 서 있을 때
그대는 가장 아름답다.

'어머니'라는 이름

'어머니'라는 이름은
정말 아름답고 위대한 이름이어요.
'어머니' '어머니'라고
나즉이 나즉이 부르기만 해도
금세 우리들 영혼은
더없이 맑아지고 깨끗해져서
마치 성자 앞에 무릎 꿇은
어린 양처럼
순백의 영혼으로 되돌아가거든요.

아아, 몸과 마음이 지치고 힘들 때
우리들 삶이 몹시 팍팍해질 때
'어머니' '어머니'라고
나즉이 나즉이 부르기만 해도
금세 우리들 영혼은
순백의 어린 양이 되고
무언가 모를 힘이 솟아나서

마음은 어느덧
그 옛날 소년으로 되돌아가거든요.

우레 소리

그것은 처음 불칼 춤으로부터 시작된다
성난 귀신들이 불칼 휘두르며
광폭하게 소리치는 것으로부터 시작된다

우주는 그 무대요 구름은 그 커튼,
그 커튼을 불칼로 찢어버리면서부터
우레 소리는 시작된다. 그 소리는
은하의 유성들이 광속(光速)처럼
지상으론지 어디론지 내리꽂히는 소리
억만 년 된 바위들이 쩍쩍 갈라지는
소리를 내며
태초의 시간 속으로 잠시 이끌고 간다

만 리 밖에서 광폭하게 소리치는
성난 귀신이여 태초의 하늘의 말씀이여

이 세상 죄 있는 자들의 머리 위에
사정없이 내리치며 호통을 쳐주오

양철 지붕 위에 우박 떨어지는 소리로
사정없이 사정없이 호통을 쳐주오

자칫하면 죄를 범하기 쉬운 우리들
자칫하면 잠들기 쉬운 우리들의 영혼
잠들려는 우리 영혼을
호통쳐서 깨우는 것은 그대의 소리뿐
가장 호되게 우리를 질책하는 것은
분명 그대의 소리뿐
선열들의 준엄한 채찍을 가장 확실하게
전달하는 것도 그대의 소리뿐

가야금 열두 줄을 와르르 끊어버리듯
우리들의 영혼을 맑게 깨워주오
우리들의 영혼 위에 하늘의 계시를
파천황(破天荒)의 상상력을
내려주오, 우레 소리여.

다시 장강(長江)처럼

지난봄은 참 부끄러웠다.
아득한 지슴길에서 부질없이
허둥대어온 그 지겹던 여름은
참 부끄러웠다.

가을이 오기 전, 가을이 오기 전의
이 살갗 저미는 고요한
방황의 길목에서, 부끄러웠던
그 무더위처럼
겨울이 먼저 올까 두려워지느니,

몰라,
저 지난봄, 지난여름.
다만, 흐르는 것은 흐르는 것이다.
그러나 그냥 흐르는 것은
정지된 것이다.

정지된 흐름―이 정지된 흐름의

길목에서 호젓이
떠나야 된다. 드디어 찬란히
떠나야 된다.

바람 안에서 울고 바람 안에서
울부짖을지라도, 도도히
떠나야 한다.
다시 장강(長江)처럼
소리 죽이고 떠나야 한다.

낮은 목소리로

낮은 목소리로 들려주십시오
나의 말발굽이
치달려가고 있는 언제나
낮은 목소리로 들려주십시오

달무리를 이루며 가까이 오셔서
아무 말씀도 없어서는 아니 되옵니다
달무리를 이루다가 사라져가옵시면
나의 영혼은 사위어가옵니다
세계는 보여도 소리는 없습니다

낮은 목소리로 들려주십시오
밑바닥으로 타들어가는 심지를
돋우어 돋우어주옵시고
나의 호수는 언제나
달무리로 일렁여주십시오

상실의 문턱 안에서

나를 끄집어내어 주옵시고
나의 혼을 뚜드리는
목소리 속에 목소리 속에
잠기게 하여주십시오

산다는 것이 죽는 일일 때
죽어서도 사는 목소리를
배워야겠습니다

낮은 목소리로 들려주십시오
나의 말발굽이
치달려가고 있는 언제나
낮은 목소리로 들려주십시오

흔들리는 꽃 (3)

죽지 부러진 새처럼
유리창 안에
우울하게 갇혀 있을 때,

적막한 시간이
그림자처럼 밀려올 때,

아무렇지도 않던 친구들이
스스스 낙화되어
저세상으로 갈 때,

흔들리네
유리창 안에
죽지 부러진 새처럼.

라일락 꽃

라일락 꽃향기가 은은히 풍길 때
라일락 꽃나무 곁에 서서
꽃향기를 스치듯 맡고 있을 때
그대가 잠시 되돌아오는구나.

두근두근거리던
그날의 기억이 아른아른
되돌아오는구나.

나는 이제 늙어가고 있는데
그대는 아직도 젊은 걸음으로
저 멀리서 화안히 웃으며 오는구나.

살아간다는 것이 죽어가는 일일 때
라일락 꽃나무 곁에만 서면
그대가 잠시 젊은 걸음으로
화안히 웃으며 되돌아오는구나.

삶

그저 물같이 물같이 흐를 일이다.
구름같이 구름같이 흐를 일이다.
물같이 구름같이 흐른다는 것은
비우며 비우며 산다는 것,
영원이라는 시간의 흐름 속에
우리가 무엇을 남긴다 하겠느냐.

육신의 생명이 다한 뒤에
영혼의 생명이 있다지만,
육신의 생명이 다한 뒤의 세상을
가서 본 이는 아직 그 누구도 없다.
흙과도 함께 공기와도 함께
그저 물같이 구름같이 흐를 일이다.

섬 (5)

섬에서
나와
뭍에서 바라보니,

그 섬이
바로
꽃으로 보이던 것을.

바람 시편

바람의 정령(精靈)은
저 혼자 놀다가 심심해지면
그대 옷깃 건드려보기도 하지만
그러나 결코 소리를 내지는 못한다.
다만 소리 낸 것은
그대 옷깃이거나 나뭇잎새일 뿐

바람의 정령은
저 혼자 놀다가 적적해지면
그대 살갗 스쳐가기도 하지만
그러나 결코 스며들지는 못한다.
다만 스며든 것은
그대 가슴이거나 목마른 혀일 뿐.

아아, 스며들지 못하고
소리 내지도 못하고
스쳐 지나갈 수밖에 없는 바람,

그대 둘레만을 맴돌다 비껴가는
바람의 정령.

그대의 영혼 깊숙이
스며들지 못하는
그대 영혼 깊이깊이
스며들지 못하는 바람의 정령.

꽃과 나비

호랑나비 한 마리가
알몸으로 날아와
가녀린 꽃송이 위에
슬금슬금 앉더니,

그 꽃송이 그 꽃술
깊은 속에
깊이 깊이
입을 맞추고 있네.

아, 아름다워라
꽃과 나비의 눈부신 만남,
아아, 가여워라
저 가녀린 순결의 꽃,

호랑나비 날아간 뒤
저 순결했던 꽃 한 송이

바람 속에
파르르 떨고 있네.

북한 여자에게

내가 만약
철새처럼 날아갈 수 있다면,
바람처럼 산을 넘어 네게로 가서
다짜고짜로 사랑을 고백하고 싶다.

단군할아버지 적 박달나무 숲속에
집 한 채 짓고
일백 일 동안 햇볕도 안 보고
그 짓을 하고 싶다.

내가 만약
철새처럼 날아갈 수 있다면,
바람처럼 벽을 넘어 네게로 가서
막무가내로 결혼하자고 대들고 싶다.

곰가죽을 촘촘히 꿰메어
옷을 해 입고

비둘기처럼 왕성하게
아들을 낳고 싶다.

그리하여 아들은 삼천 명만 낳고
손자는 또 그 아들의
삼천 배만 낳아
남남북녀(南男北女)의 통일 조국을
건설하고 싶다.

요정

일요일 아침,
건강한 아침을 뜨락에서 맞으면
문득이,
교외의 산(山) 숲에선 나를
나들이 나오라고 부르는 소리.
보이지 않는 여신이 부는 트럼펫 소리.

그 소리의 은은한 기별에 눈을 뜬 나는,
바다 물결 일렁이는 가슴을 베둘고
어느새 바위 틈에 비벼 핀 풀꽃 앞에
지늘키듯 앉는다.

그때 누구일까,
또다시 나에게 은은한 기별을 보내는 이는,
임간(林間)에서 임간에서 오는 그 보이지 않는 미소는
누구일까.

나는 그 미소를 따라 미소를 따라

부르는 소리를 따라
기운 오월의 하루.

어느 저승 곁이랴,
황혼으로 색실 내어 치인친 옷을 입는
나뭇잎새들.

나는 아무도 만난 사람 없이
땅거미 들 무렵 산을 나섰다.

저 붉은 낙조처럼

우리가 저세상에 갈 때
저 붉은 일몰의 순간처럼
평온하게, 더없이 평온하게
이승을 하직할 수 있다면,

저 붉은 낙조의 순간처럼
아름답게, 더없이 아름답게
그대와 나
꽃처럼 스러질 수 있다면,

그리하여
그 어디 내생에서라도
그대와 함께 어느 별나라에
꽃처럼
다시 태어날 수 있다면,

그대와 나

얼마나 황홀한 기쁨이랴

얼마나 아름다운

윤회로서의 만남일 것이랴.

〈염쟁이 유씨〉라는 연극을 보고

"죽는 거 무서워들 말어,
 잘 사는 게 어렵고 더 힘들어"

이 말은 〈염쟁이 유씨〉라는 연극의
대사 한 토막이다.
죽은 이를 염해주는 '염쟁이'의
대사 한 토막은
특히 노인 관객의 귓전을 파고들었다.

정말, 우리네 사는 게 죽는 것보다
더 어렵고 힘이 들까?
정말, 우리네 죽는 게 사는 것보다
더 어렵고 힘이 들까?

연극 〈염쟁이 유씨〉를 보고 있던
나이 지긋한 노부부의 볼에는
잔잔하고 엷은 미소가 번지고 있었다.
그리고 그 미소 짓는 볼 위로는
잔잔하고 엷은 눈물이 번지고 있었다.

겨울 하늘

— 미당의 시 「동천(冬天)」에 대한 희작(戲作)

이 나라의 천부적인 시인 한 분은
그 하늘 '눈썹' 하나 못 잊던 거라
즈믄 밤의 꿈속에서 그리던 거라.

우연히 매서운 새 발견하고는
새 편에 그 마음을 전하던 거라
그 새가 내 마음이다 하시던 거라.

그 새는 하늘까지 가진 못하고
가다가 비끼어서 돌아온 거라
그 또한 내 마음이다 하시던 거라.

드디어 그 하늘로 날아가신 시인은
그 '눈썹'과 인제는 만나시는 거라
아예 둥지 틀고 거기 사시는 거라.

작품 세계

현자의 세계에 이르러

홍 기 삼

문학평론가 · 전 동국대 총장

　송하선의 시는 어떤 격정도 낮은 목소리로 잠재우면서 그것을 순결한 서정의 세계로 치환하는 부드러움을 만들어내고 있다. 그러나 그 아름다운 서정은 이승에서 저승에 걸쳐 존재하는 생명의 논리를 토대로 하며 세계에 대한 인식과 시인의 외부를 온통 내부로 불러들이는 서정적 자아화의 과정이 그래서 더욱 그 깊이를 획득한다.

　그의 시는 특히 생명파 시인들의 계보를 진지하게 계승하면서 그것을 한 단계 더 세련시킨 것으로 판명된다.

　자연에 대한 아름다운 개안, 삶에 대한 통찰과 관용의 정신, 깊고 그윽한 명상과 관조를 통해 이 시인은 마침내 자연과 삶과 죽음을 통합적으로 인식하는 현자(賢者)의 세계에 이르러 있음을 넉넉하게 알려주고 있다.

　　　　　　　제5시집 『가시고기 아비의 사랑』(2002) 뒤표지에 수록

우리 가슴에 향기처럼 오래 남아

허 영 자

시인 · 현 성신여대 명예교수

송하선 선생의 시는 따뜻하고 긍정적인 시선으로 사물을 이해하고 노래하는 시이다. 현실에 대한 민감한 반응, 예리한 관찰과 비판, 불의와 부정을 고발하고 저항하는 개결한 정신의 발로가 시 또는 시인의 한 역할일 수 있다면, 애정과 연민 동정과 포용으로 인간과 사물을 바라보고 긍정하는 자세 또한 중요한 한 기능일 수 있겠다. 아니 어쩌면 그러한 시선이야말로 가장 기본적인 시의 존재 이유가 아닐까 한다.

송하선 선생의 작품에서는 시의 본질과 맞닿아 있는 아름다운 정서를 만날 수 있으며, 인간과 사물을 관조하는 따사롭고도 맑은 눈을 또한 만나게 된다. 그리고 이러한 작품이 주는 공감과 감동력을 우리 가슴에 향기처럼 오래 남아 있으리라 믿는다.

제4시집 『강을 건너는 법』(1998) 뒤표지에 수록

담담함, 혹은 허허로움
— 송하선의 시세계

장 석 주
시인 · 문학평론가

송하선 시인의 시세계는 소월(素月) 김정식(金廷植)으로부터
미당(未堂) 서정주를 거쳐 박재삼으로 이어지는 전통 서정시
의 계보에 속한다. 송하선의 시들은 우리 시를 휩쓸고 지나간
민중시도 아니요, 해체시도 아니요, 생태시도 아니다. '나'의
개체적 삶의 경험에서 길어내는 소박하고 조촐한 서정시의
세계다.

개체의 경험 중에서도 숭고하고 장엄한 것보다는 자연이나
가족, 이웃, 나날이 일상과의 교섭에서 이루어지는 하찮고 사
적인 경험들이 압도적으로 많이 쓰인다. 우선 그이의 시들은
삶으로부터 나오는 정한(情恨)의 세계를 주로 노래한다.

> 한평생 매미처럼
> 서투른 노래만을 부르다가

이승을 하직한 그 사람
그 사람이 사라지는 뒷모습을
너는 보았느냐

그것이 노래인지 노래 아닌지도
모르면서,
많은 사람들의 가슴에 닿을
피리 소리가 그 노래 속에
있는 건지 없는 건지도 모르면서,
그 노래가 허공으로
재가 되어 공염불이 되어
사라지는 줄도 모르면서,

애간장이 터지게 노래 불렀던
그 사람,
온 생애를 신들린 듯
시를 읊조렸던 그 사람,

그 사람이 사라지는 뒷모습을
매미야
노래 부르는 너는 보았느냐.

— 「매미의 울음 (1)」

「매미의 울음 (1)」은 시인으로 한평생을 산 자신의 처지를
'매미'에 빗대어 돌아보는 시다.

어쩌면 시인은 생물학적 노년기에 접어든 자신의 인생을 돌아보며 생산과 건설보다 시를 짓고 읊조리며 살아온 자신의 삶에 한 점 회한을 갖고 매미 같다고 느꼈을지도 모른다. 송하선 시인의 다른 시편들이 그러하듯이 이 시도 특별한 사회적 감각이나 윤리적 기율보다는 지나버린 생에 대한 관조에서 빚어진 덧없음을 노래한다. 그 덧없음은 노래들이 허공 속에 재가 되어 사라져버렸기 때문이 아니라 그게 "사라지는 줄도 모르고" "애간장이 터지게" 노래를 불러왔다는 사실로부터 연유한다. 무지는 어리석음을 낳고 그것은 마땅히 반성의 까닭이 되는 것이다. 그렇다 할지라도 한여름철 나무에 달라붙어 "애간장이 터지게" 울어제끼는 매미를 어리석다고만 할 수 없다. 매미의 울음은 생물적 개체로서 부여받은 신성한 생의 소명인 것이다. 그것은 일에 지친 사람에게 청량한 위로가 되었을 수도 있다.

절대고독이 무엇인지
그 쓰라린 황야를 날아본 사람은 안다.
채워도 채워도 채울 길 없는
날아도 날아도 안식의 나래 접을 곳 없는
그 바람 부는 허기 속을
날아본 사람은 안다.

꽃밭을 찾아 나비가 날듯

영원 허공을 떠도는
이 지상의 허기진 존재들은 안다.
그 스스로도
꽃비 내리는 마을을 찾아가는
한 마리의 쓰라린 나비라는 것을.

　　　　　　　　　　　　　—「나비」

　「나비」와 같은 시는 직설의 어법으로 인생에 대한 감회의
일단을 털어놓는다. 크고 작은 문제를 안고 있는 인생의 하중
(荷重)에 짓눌린 상태에서 행복을 느끼기란 쉽지 않은 일이다.
그 행복이 "물안개 자욱한 강 건너 저 마을/아내가 사립에서
기다리고 있다는 것/그래도 깃들일 수 있는 둥지와/어느 만큼
의 양식과/낯익은 시집 몇 권/그대 곁에 놓여 있다는 것"(「강
을 건너는 법」)에서 토로하듯이 소박하고 작은 것이라 할지라
도 쉬운 일이 아니다. 송하선 시인에 따르면 인생이란 '쓰라
린 황야를 걸어가는 것'이다. 수많은 서정시인들은 인생을 빗
대 고단한 여행길이라고 말하고 그 객수(客愁)를 노래해왔다.
'절대 고독'은 그 객수의 한 일단이다. "채워도 채워도 채울 길
없"고, "날아도 날아도/안식의 나래 접을 곳 없는" 인생의 "허
기(虛氣)"에서 그 절대 고독은 연유한다. 우리가 그 절대 고독
에 공감하는 것은 그것이 인생을 깊이 관조한 자의 마음 바탕
에서 나오는 짙은 애수가 서려 있기 때문이다. 부득이 구차한
삶을 꾸리지 않았더라도 인간이 "꽃밭을 찾아 나비가 날듯"

불가피하게 "영원 허공을 떠도는" 존재임을 깨닫는 존재라면 느끼는 그 절대 고독인 것이다. 그 절대 고독은 송하선 시인의 시세계의 후경(後景)이라고 할 수 있다.

그것은 자연으로 다시 돌려보내는 일이다
아니다 아니다 그것은
수천 마리 독수리의 매서운 입 속으로
보내는 일이다
독수리의 입 속으로 피 속으로 들어가서
더더욱 매서운 독수리로 부활하도록
하는 일이다

그리하여 매서운 독수리로 하여금
죽은 시체들을 또다시 먹게 하는 일이다
왕성하게 먹고 왕성하게 똥을
누게 하는 일이다
눈 똥은 다시 거름이 되고 그 거름은
다시 새 생명을 탄생하게 하는 일이다
아니다 아니다 그 새 생명을
사람의 입 속으로 다시 보내는 일이다

사람의 입 속으로 피 속으로 들어가
부활한 사람 독수리로 하여금
죽어간 생명들을 시체들을 먹게 하는 일이다
왕성하게 먹고 왕성하게 똥을

누게 하는 일이다
눈운 똥은 다시 거름이 되고 그 거름은
다시 새 생명을 탄생하게 하는 일이다
사람 독수리의
새 생명을 또다시 탄생하게 하는 일이다

— 「풍장」

　'티베트의 풍장 모습을 보고'라는 부제가 붙어 있는 「풍장」
은 나고 죽는 생명의 자연스런 순환의 고리를 말한다. 죽음
을 말할 때조차 불필요한 감정의 낭비를 억제하며 담담한 어
조로 노래할 줄 아는 시인이야말로 품격 있는 시인이다. 우리
는 살면서 여러 현실적 곤란을 겪는다. 존 쿠퍼 포이스는 존
재가 겪는 현실적 곤란들이 '상실, 궁핍, 질병, 신경질적인 흥
분, 격정과 질투, 혐오와 악의, 잔혹과 야수적 행위, 무료, 자
기 탐구, 야심, 경박 모든 종류의 감기, 공복, 불결, 피폐, 불
면증과 고통에 관계되는 것들'이라고 말한다. 우리가 원하건
원치 않건 간에 그런 현실적 곤란이 초래한 궁지에 몰려 허겁
지겁 삶의 길을 달려와서 맞닥뜨리는 죽음 앞에서 허무감과
깊은 쓸쓸함을 느끼는 것은 자연스런 일일 터이다. 그러나 그
죽음을 눈앞에 두고 있는 시인의 어조는 의외로 담담하다. 시
인은 죽음을 마치 무정물적인 것처럼 다룬다. 시체를 독수리
의 먹잇감으로 방치하는 이국(異國)의 낯선 장례 풍습이 충격
을 줄 수도 있었을 텐데, 시인은 그저 죽음이 '자연으로' 다시

되돌아가는 것이라고 노래한다. 죽음과 삶은 한 몸이다. 순환하는 것이다. 그래서 소멸은 소멸로 끝나는 것이 아니고 다시 새 생명을 얻어 돌아온다. 어쨌든 죽음을 뒤집어서 새로 태어날 생명을 그리고 있는 이 시를 물들이고 있는 평화, 혹은 '축복 받은 고요한 정조(情調)'는 인상 깊은 것이다.

> 늙은 소 한 마리가 우시장으로 갑니다
> 제 살점 팔리는 곳을 향해 묵묵히 갑니다
> 고삐 쥔 주인은 가는 곳을 알 테지만
> 가는 곳을 모르는 채로 소는 그냥 갑니다
>
> 서편 하늘에 물드는 저녁놀이 곱습니다.
> 물 안개가 강물 위에 희부옇게 흔들립니다
> 성자(聖者)처럼 묵묵히 늙은 소가 갑니다
> 저승길 가는 길도 아마 저런 듯 싶습니다.
>
> ―「늙은 소가 가고 있네」

> 한 무리의 새떼들이
> 저녁놀 속으로 날아갑니다
> 아내와 자식들을 찾아
> 가물가물 날아가고 있습니다.
>
> 새떼들이 찾아가는 곳은
> 숲속의 안식의 집이겠지만

그들은 집이 온전히 남아 있는지
가족들은 무사히 잘 있는지
어떻게 되었는지
모르는 채
가물가물 찾아가고 있습니다.

지금 그들이 집에 돌아가면
어쩌면 토악질을 하게 될지도
모릅니다. 오늘 그들이 주워먹은
곡식들 물고기들 때문에
어쩌면 토악질을 하게 될지
남은 생애는 어떻게 될 것인지
모릅니다

한 무리의 새떼들이
저녁놀 속으로 날아갑니다
그들은 집이 온전히 남아 있는지
남은 생에는 어떻게 될 것인지
모르는 채

가물가물 날아가고 있습니다
저녁놀은 무심히
뉘엿뉘엿 저물어가고 있습니다

　　　　　　　　　　　　　　—「새떼들이 가고 있네」

172

두 편의 시에서 두드러지는 감정은 어디론가 '간다'는 것, 즉 존재의 이동이 일으키는 정서다. 사람은 모태로부터 무덤으로 나아가는 존재다. 삶은 세월과 함께 어디론가 가는 것이다. 앞의 시는 우시장을 향해 묵묵히 나아가는 소를 노래하고, 뒤의 시는 숲속의 집을 향해 날아가는 새떼를 노래한다. 두 편의 시의 공통적인 시간 배경은 서편 하늘이 '저녁놀'에 물든 시간이다. 말할 것도 없이 이는 인생의 황혼기에 대한 은유이다. 시인은 제 살점을 팔러 가는 우시장을 향해 말없이 나아가는 소의 무사무욕(無私無慾)한 행보에서 '성자'의 모습을 본다. 아마도 시인은 욕망에 휘둘려 허겁지겁하거나 불투명한 미래에 대한 두려움 때문에 갈팡질팡 흐트러지는 발걸음을 경계하며 살아왔는지도 모른다. 저녁놀을 배경으로 제주인과 함께 우시장을 향해 묵묵히 걸어가는 소에게서 뜻밖에도 저승길을 향해 나아가는 삶의 태도를 암시받았을 수도 있다. 소야말로 철저하게 자연의 리듬에 순응하는 삶을 사는 동물이다. 자연 속에 사는 모든 생명들은 다 저마다의 리듬을 갖고 산다. 식물은 절기에 맞춰 꽃망울을 터뜨리고 열매를 맺는다. 유독 사람만이 고소득과 눈앞의 성과를 위해 그 자연의 리듬을 위반해 과속의 삶을 산다. 속도에 대한 광기 어린 신념은 필경 재난을 부른다. 바로 광우병이 그 극단적인 예이다. 광우병이란 식물성의 식성을 타고난 소에게 더 빨리 더 높은 수익을 올리기 위해 고농도의 동물성 사료를 먹인 까닭에 생긴 질병이다. 인간은 지금보다 더 느리게 살 필요가 있다. 「늙은 소가 가고 있네」는 소와 같이 남은 인생의 시간을 살고 싶은 시인의 은근한 내적 소망이 평이한 어조 속에 담담하게 배어 나오는 시다. 느림의 삶이란 "잃어버린 어제의 질서"(「금강산별곡」) 안에 고요히 안기는 일일 것이다. 아마도 "직선으로 돌진하지 말고/우회하여 가는 것이 바른 길"(「분수를 보며」)이라는 삶의 지혜를 잠언으로 빚은 시구는 소의 행보에 대한 사유가 맺은 결실일 터이다. 인류는 산업혁명 이후 직선적인 진보의 궤도 속으로 진입해 대량 생산과 대량 소비로 이어지는 상품 소비 사회를 새로운 환경으로 받아들이며 많은 것들을 잃어버렸다. 전례가 없는 생산력의 확대로 물질적 부와 잉여의 시간을 향유하게 되었지만 자연 생태계가 파괴되고 근본적인 마음의 평화 같은 것을 잃어버린 것이다. 새삼스럽게 자연과의 조화를 강조하는 느림의 가치에 대한 재발견이 호응을 얻는 것도 다 그런 맥락 때문일 것이다. 자연과의 조화를 일구며 느리게 사는 삶의 방법과 태도는 처벌의 대상이 아니라 마땅히 기리고 추구해야 할 '바른 길'인 것이다. '소'를 주인공으로 내세운 또 다른 시편 「멍에」에서 형틀을 짊어진 채 골고다의 언덕을 묵묵히 나아간 예수 그리스도에 비유한다. 시인은 이렇게 쓴다. "그러나 누가/횃불 같은 눈으로 맥진하는/소의 고독을 알 수 있으랴./사랑하던 자에게 제 살과 피를 먹이는/성자(聖者)와도 같은 고독을/그 누가 알 수 있으랴."

이것은 절대적 희생이고 헌신이다. "다만 멍에를 질 뿐/멍에를 지는 이유를 말하지 않는다." '소'가 구현하는 그 희생과 헌신의 삶을 우러르는 시인은 일체의 구차한 것, 변명을 탐탁지 않게 여긴다.

　저녁놀 진 서편 하늘을 날아가는 한 떼의 새를 바라보며 느낀 감회를 적고 있는 뒤의 시편은 보다 일상적이다. 날아가는 새들을 보고 "그들은 집이 온전히 남아 있는지/가족들은 무사히 잘 있는지/어떻게 되었는지/모르는 채/가물가물 찾아가고 있습니다"라고 일상 속에 잠재된 불확실성과 위험들에 대한 걱정을 적음으로써 간접적으로 태평스럽지 못한 세월을 건너온 시인의 삶을 엿보게 한다. 하루 일과를 끝내고 안식의 집으로 돌아가는 길에서 아내와 자식들은 다 별일이 없는지, 집은 제대로 무사한지를 걱정하는 것은 기우에 지나지 않은 일인지도 모른다. 비약일지 모르지만, 나는 시인의 삶을 관통하고 있는 해방과 분단, 전쟁과 혁명, 피의 항쟁과 민주화라는 거친 과정을 이어온 역사가 한 개체의 무의식 속에 새겨놓았을 가족과 일상의 안위에 대해 무시로 파고드는 걱정들을 떠올린다. 그것은 기우가 아닌 것이다.

　　겨울나무들이 모두들 제 홀로 깊게 명상하는 자세를 취하고 있습니다. 마른 나무 어깨 위에 까마귀 떼를 앉혀놓은 걸 보니, 아마 죽음 같은 것에 대하여 명상하는 모양입니다.

겨울나무들이 모두들 제 홀로 깊게 기도하는 자세를 취하
고 있습니다. 검은 구름을 몰고 오는 눈보라가 멎을 기미를
보이지 않고 있으니, 아마 구원의 손길을 달라고 기도하는 모
양입니다.

아직도 겨울나무들이 눈을 부릅뜨고 서 있습니다. 산비탈
저쪽엔 진눈깨비가 아직도 안개처럼 깔리고 있습니다.

겨울나무들이 모두들 제 홀로 깊게 침잠하는 자세를 취하
고 있습니다. 산비탈 내리는 진눈깨비 속엔 아직 산까치들이
날아오고 있으므로, 겨울나무는 내일을 기다리며 인동의 시
간을 침잠하는 자세로 서 있는 모양입니다.

—「겨울나무」

이를테면 제 마른 어깨 위에 까마귀 떼를 앉혀놓고 "홀로
깊게 기도하는 자세"를 취하고 서 있는 '겨울나무'는, 시인이
문득 성자를 보았던 '소'와 겹쳐지는 시적 이미지다. '소'의 이
미지의 식물적 변용이 '겨울나무'인 것이다. '겨울나무'는 눈
보라가 멎을 기미가 없는 한겨울의 궁지 속에서 현실의 수난
을 고스란히 견디며 "인동의 시간"을 살아내는 성자인 것이
다. 성스러움을 깡그리 탕진한 이 세속의 시대에 '소'나 '겨울
나무'와 같은 미물에서 성자의 삶을 읽어내는 시인의 마음은
인간의 편견과 오만으로부터 저만치 벗어나 있는 드물게 보
는 겸허하고 순수한 마음일 터이다. 시인은 또 다른 시편「나

목」에서 "모든 욕망을 털어버리고/지워버려야 될 것을 모두
지워버리고/떠나보내야 할 것을 모두 떠나보내고/부질없는
사랑도 부질없는 흔적들도/모두 다 털어버려야 된다는 것을/
바람결에 떠나 보내야 된다는 것을" 가르쳐주는 존재라고 말
한다. 시인은 '나목'에서 무소유를 추구하는 탁발승(托鉢僧)의
모습을 읽어내는 것이다.

이 세상에 태어나는 순간부터
나의 손은 무언가를 붙잡으려고 했네.
누군가의 손길이 닿았을 때
처음 움켜잡으려고 했을 때부터
내 손의 이별의 역사는 시작되었네.

나의 손이 이별의 역사라는 것을
상실의 역사이며 놓아줌의 역사
버리고 떠남의 역사라는 것을
오늘은 새삼스레 생각하게 되는구나.
무엇인가 움켜잡으려고만 했던
그것이 바로 슬픔의 근원이라는 것을.

때로는 이 손으로 그리운 이를
붙잡으려 했고, 때로는 이 손으로
그리운 이를 놓아주었고
때로는 담담하게 때로는 허허로이

내 손이 확인한 그 많은 이별의 순간들.

모처럼 다냥한 겨울 한낮에
마디 굵은 손을 보며 호젓이 앉으니,
유리창엔 아른아른 성에가 피고
성에 핀 유리창 밖엔 그 많은 슬픔의
이별의 얼굴들이 보이는구나.

어떤 이는 슬픈 눈빛으로
어떤 이는 행복한 얼굴로
어떤 이는 천치 같은 모습으로
아지랑이처럼 아른아른 보이는구나.

이별한 사람만 아른아른 보일 뿐
나의 손이 진실로 붙잡은 이는
이 세상엔 아무도 없구나.
나의 손은 원래부터 빈손이었구나.

—「손」

「손」은 송하선 시인의 특징을 두루 보여주는 시편이다. 어렵지 않은 구문 속에 인생의 소박한 진실을 담아내려는 노력이 "이 세상에 태어나는 순간부터/나의 손은 무언가를 붙잡으려고 했네"와 같은 구절을 빚어냈을 것이다. 대지의 어머니로부터 떨어져 나왔을 때 인간은 살기 위해 손을 뻗어 무언가를 움켜쥐었을 것이다. 무언가를 붙잡으려는 손은 곧 실존적 기투(企投)에 대한 좋은 은유이다. 우리는 먹고살기 위해 일해야 한다. 일을 한다는 것은 손을 쓴다는 것이다. 산다는 것은 손을 뻗어 이 세계로부터 무엇인가를 쟁취하려는 욕망과 충족의 변증법적인 체계에 지나지 않는다. 그리하여 손이 일궈내는 역사는 "상실의 역사이며 놓아줌의 역사/버리고 떠남의 역사"이고 이것은 곧바로 삶의 역사에 겹쳐지는 것이다. 시인은 유리창에 성에가 끼고 햇빛이 따뜻한 겨울 한낮에 제 손을 물끄러미 들여다보며 지나온 생을 반추한다. 손은 근원적이고 전체적인 삶의 역사를 하나의 근경(近景)이자 축도(縮圖)로 보여주는 것일 게다. 그 손이 움켜쥐고 있는 구체적인 개별적인 삶의 뜻을 되새기는 행위는 고즈넉하다. 이것은 자기가 자기 안에서 자기를 보는 행위에 속한다. 즉 '낯섦/불안, 어두움의 경험을 친숙함/안심/밝음의 경험을 전환하는 것'이다. 시를 쓰는 행위도 인간의 경험을 어두운 것에 밝은 것으로 낯선 것에서 친숙한 것으로, 전환하는, 즉 주체화하는 행위의 한범주에 드는 일이다. 그러나 이것도 살아 있는 동안에나 가능한 일이다. 시인은 "살아간다는 것은/마침내/하나의 섬(島)으로 남는 일입니다."(「섬 1」)라고 말한다. 단독자의 절대 고독 속으로 귀환한다. 그다음은? 손에 움켜쥐었던 것을 놓아주고 떠나는 것이다. 다시 말해 실재의 소멸을 가리키는 소실점을 향해 걸어가는 것이다. 삶은 그 이상도 아니고 이하도 아니다.

시인은 "이렇듯이 흘러가노라면/어디쯤의 시공(時空)에서/나는 부재(不在)일까"(「구름」)라고 쓴다.

평생의 시업을 기리고 정리하는 이 시집에서 시와 인생에 대한 시인의 태도를 가장 잘 축약해 보여주는 시구를 골라낸다면 다음과 같은 시구일 것이다. 시인은 쓴다. "꽃을 바라보듯/맑은 마음으로 눈을 모으면/노을이 물드는 저 강물도/한 송이 눈부신 꽃으로 보인다는 것"(「강을 건너는 법」). 꽃을 바라보듯 세계를 순정한 마음으로 바라보면 세계는 '눈부신 꽃'으로 다가온다. 여기서 강조되는 것은 아마도 평심서기(平心舒氣)를 품고 생을 일관되게 관조하며 살아왔을 시인의 마음이 마침내 도달한 긍정과 상생의 마음일 터이다.

「신의 언어」가 가장 좋아

中村日哲

일본 시인

　건강하시고 활약이 많으신 모습이어서 저로서도 매우 기쁘게 생각합니다.

　이번의 저서『가시고기 아비의 사랑』을 보내주셔서 뭐라고 감사의 말을 하여야 할지 모르겠습니다.

　반도(飯嶋) 씨의 번역으로 시를 전부 읽어보았습니다. 어느 작품 막론하고 훌륭하지만「신의 언어」가 가장 좋은 것 같습니다.

　송 선생의 말씀을 자주 듣습니다. 하나의 번득임도 영감(靈感) 같은 느낌입니다. 무궁화 통신에 선생님의 시가 실리면, 언제나 반도(飯嶋) 씨에게 "송 선생님의 작품은 무척 품격 있고 멋있군요"라며 서로 이야기하고 있습니다.

　전주의 호텔에서 전해 들은 선생님의 대선배님(신석정의 시세계)시의 내용도 무척 인상에 남아 있습니다.

10월 하순에는 이쪽으로 오신다니 저는 지금부터 가슴이 두근거리고 마음으로부터 기다려지고 있습니다.

그럼 전주에서 신세진 임 선생님, 두 분의 최 선생님, 김 선생님들께도 안부 전해주시면 고맙겠습니다.

2002년 8월 16일

中村日哲 드림

宋河璇 先生

お元氣でご活躍の様子にて私にとっても大變うれしく存じます.

このたびご著書「魚の愛」をお送りいただきまして有難く厚く御禮申しよげます.

飯嶋さんの譯での詩を全部讀ませていただきもした. どの作品もすばらしいのですが, 「神が與えてくれる言葉」が一番好きです.

私も神の言葉をよく聞きます, 一つのひらめきともインスピレーションのような感じのものてす. いつもむくげ通信で先生の詩が載りますと.

飯嶋さんに「宋先生の作品はとっても上品で佳いですね」
と話合っておりますよ.

　全州のホテルでお聞かせいただいた先生の縁者の大先輩
の詩の内容もとても印象に殘っておりす.

　十月下旬にはこちらへお越しいただくそうで私は今から
わくわくしており.心よりお待ち申しあげます.

　さて全州でお世話にたりました林先生. 崔先生(お二人)金
先生たちへよろしく申し傳えていただければ幸いてござい
ます.

인간애와 민족애를 느껴
―「금강산별곡」을 읽고

津田眞理子

일본 시인

宋河璇 樣

お元氣でしようか.

交流會でお目にかかれて嬉しく感謝いたします.

折角お出で下さったのに兩の日となり肝心の交流會も日本の人たちの發表に時間をとうれ. 私はノもっともっと韓國の皆様の聲が聞きたかっただけに. 皆様方に申譯ない思いと大變殘念にも感じました.

宋先生とはじめ韓國の方々の日本の詩についてほどほどきっと時間があればお話し伺うことができたのでほと.

これは私個人の感想ですが.

少し飯嶋さんに見習って一月から本とテープでハングル(韓國語)を勉強しようと思つています. 日本語さへむずかし

いのにこの年齢の私がですが飯嶋さんに励まされています.

　ですから私にとっろくば通信は毎日バワグに入れ持ち歩いています.

　宋先生の詩かどれたけ心打たれ詩について學ばされるのみでなく生きる姿勢を見つめさせられます.

　そうゆう意味で韓國の詩人の私の存じあげている先生の詩に. 日本の詩とは違った, ぐんぐんひきうけられるものを感じます.

　文化と文字をとおして民族と越えて. 神さまの愛を愛けいれ. 平和さ紡ぐ者でありたいと思います.

　ずい分遅くなりましたが感謝の氣持をのべさせて頂きました.

　寒さに向います.

　御元氣であります様に.

2002. 3. 5.

津田眞理子

너무 기뻐 몇 번이고 몇 번이고 읽어

川本京子
일본 시인

생략하옵고

송하선 선생님, 너무 오랫동안 소식도 보내지 못하고 있었던 것을 용서해주십시오. 게다가 훌륭하고 소중한 시집을 보내주셔서 가슴이 뭉클해지는 것 같았습니다. 너무 기뻐 몇 번이고 몇 번이고 읽었습니다. 반도(飯嶋) 씨의 말씀에 따라「무궁화 통신」의 시도 읽고 있습니다. 상냥하고 또 정열적이어서 제 자신도 고조되었습니다.

송하선 선생님

10월 말 ちょうし(쵸우시)에 오실 때 만날 수 있겠지요? 기다리고 있습니다. 계속 어떻게 해야 좋을까 생각하며 지내고 있습니다. 정말로 감격과 감사의 기분으로 꽉 차 있습니다. 부끄럽습니다만 그 기분의 일부를 나타내기 위해 시로 답례

하고 싶습니다. 모임의 다른 사람 모두는 역시 책을 출판하거나 또 주도적인 입장에서 활약하고 있습니다. 저는 그저 참가자로 뭐랄까 꼬리를 붙잡고 있는 입장입니다.

정말로 송하선 선생님 책 고맙습니다.

꿈의 약속

한국에 가 이국을 바라보았다
흥미에 불안이 감돈다
습관도 인간의 성도 과거도
말은 윤활유가 되어 뒤를 밀어준다
잊지 못하는 4일간의 여행
말은 악수와 함께 따뜻하다
전진하여 가까이 다가가는 것을 보았다
즐거움의 한 가지가 시작되다
아아 이 교류의 인연
아아 참가하여 생긴 기쁨
아아 한국의 풍경과 정감
다시 만날 수 있는 꿈을 그려본다
시골길에 유채꽃 색깔의 하늘
평온한 나라, 한국
선명한 나라, 한국
사랑을 담아 계속 생각한다.

前略

宋河璇先生 大變の御無沙汰さ便りも出をずに居りました事を御許し下さい.

それに,立大切な,大切な詩集をお送り下さり胸が言吉まってしまいそうです.

本當に喜しくって.何度も何度も讀信せて頂きますした.

飯嶋さんの譯付きでしたので「むくげ通信」の詩も讀んで居ります.

心やさしく又,情熱的で私自身も,心が高なりました.

文化の交流や個人との心の開いた語らいは國境,も遠い近いも年齡も,性別もどんどん親しさ,なつかしさが距離さ無くしてしまう樣な氣か致しますした.

宋河璇 先生

十月末の來銚の折には.お目に掛れるのですね.

御持ち致して居ります.

ずっと,どうしたらよいかと思って暮して居りました.

本當に感激と感謝の氣持ちで一杯でございます.

お恥ずかしいのですがその氣持の一部を表わす爲に詩をもって御禮とさせて頂きます.

吠の會の,他の皆さんはやはり.本を出したり又.主導される立場で活躍をしている方ばかりです.

私は，ただ，参加者で，何とか尻尾につかまっている立場
です．

　本當に宋河璇先生．本をありがとうございました．

　　夢の續き

　　韓國に行き異國を眺めた．
　　興味に不安がつきますとう．
　　習貫も人間の性も過去も
　　音葉は潤滑油となって．
　　後押しをしてくれる．
　　忘れない．四日間の旅．
　　音葉は握手と共に暖かい．
　　前進して近づくのを見た．
　　樂しさの一頁が始まる．
　　ああこの交流の縁(えにし)
　　ああ参加して生れた喜こび．
　　ああ韓國の風情と情愛．
　　再會出來る夢を描き見る．
　　農道にあかれ色の空
　　安らぎの國．韓國．
　　鮮かなる國．韓國．愛をこめて思ひ續ける．

　　　　　　　　　　　　(川本京子) H14.9.2 記

여든 무렵 자유인이 영원을 노래하다

— 송하선의 문학과 인간

진 정 구

문학평론가 · 전북대 명예교수

1

고희(古稀)를 10여 년 넘기다 보면 지나온 삶이 꿈속을 거닌
듯 아련하다. 시집 제목이『몽유록(夢遊錄)』인 까닭이다. 송하
선 시인이 여든 무렵의 시편들을 엮어 시집을 발간한다. 한 몸
거천하기도 어려운 나이에 시를 쓰고 그것들을 모아 '산수기념
시집(傘壽記念詩集)'을 낸다는 일이 보통 사람으로 쉽지 않다.

"우산이 되어줄 지혜" 없(「산수(傘壽)」)다고 시인 스스로 고백
하고 있지만,『몽유록』의 시편들을 관통하는 시심의 깊이나
그 속에 담긴 관조적인 삶의 자세를 헤아려볼 때 그렇지 않
다. 그것은 겸양(謙讓)의 언사일 뿐이다. 릴케의「가을날」을 읽
으며 곱게 물들어가는 한 알의 과일처럼 "흠결 없는 남은 생
애/어떻게 곱게 늙어갈까"(「여든 무렵의 시편」)를 고민하는 대목
이 그러한 예이다.「여든 무렵의 시편」에서 노시인은 자신의

생을 아름답게 장식하려는 고아(高雅)한 '천명(天命)의 몸짓'을
보여준다.

2

　남은 생을 아름답게 가꾸려는 의식의 밑바닥에는 '노년의
고독'이 자리 잡고 있다. 한 인간의 심연에 가로놓인 그 고독
을 스스로 견디는 일이 간단치는 않다. 그것이 '견고한 고독
의 시인' 김현승의 「가을의 기도」를 송하선이 다시 읽는 이유
이다.

　　내 인생의 여든 무렵
　　릴케의 시 「가을날」을 다시 읽어보네.
　　과일 한 알이 곱게 물들어가듯
　　흠결 없는 남은 생애
　　어떻게 곱게 늙어갈까를 생각하네.

　　여든 무렵에 다형(茶兄)의 시
　　「가을의 기도」를 다시 읽어보네
　　알몸이 된 나무 위의 까마귀처럼
　　늙은 시간의 절대고독을
　　어떻게 견딜 수 있을까를 생각하네.
　　아, 내 인생의 가을 무렵
　　뉘엿뉘엿 떨어지는 일몰을 보며

너무도 아쉬운 지상과의 작별,
어떻게 죽음의 순간
맞이할 것인가를 다시 생각하게 되네.

—「여든 무렵의 시편」

　죽음과의 대면이 '나이와 직접 관계'되어 있는 것은 아니다. 그러나 생의 종점을 서성거리는 여든 무렵이 되면 그것은 일상사에서 자주 숙고의 대상이 된다. 석양에 지는 해를 보며 젊음의 뒤안길을 반추할 때마다 지상과의 아쉬운 작별을 고해야 하는 마지막 시간을 생각하게 되는 것은 당연하다. '죽음을 어떻게 맞이할 것인가'에 대한 답을 찾는 것이 노년 세대에게 부여된 과제이다. 송하선 시인에게 당면한 문제도 '노년과 죽음'이다. 바람직한 죽음은 훌륭한 생의 뒷받침이 없으면 불가능하다. 어떤 삶이 훌륭한가. 시인은 벌거벗은 겨울나무를 보면서 그 답을 찾아낸다.

바람 부는 언덕에 홀로 서서
너는 왜 그 옷을 벗어 던지는가를
너는 왜 그 열매를
바람결에 하염없이 떠나보내는가를,

타고난 몸짓 그대로
바람 속에 눈보라 속에 서 있는가를

여든 무렵 자연인의 자격이 되어
비로소
다시 눈 뜨며 바라보게 되네.

모든 집착을 벗어버리고
열매만은 남기겠다는 욕망을
훌훌 털어버리고
이제 신(神) 앞에 기도하듯 서 있는
너를 보면,

부질없는 욕망
허허로이 털어버려야 된다는 것을,
부질없는 사랑도
하염없이 떠나보내야 된다는 것을.

―「나목의 시」

　'갈 봄 여름 없이' '천둥과 먹구름' 속에서 맺은 열매와 무성
했던 잎들을 바람결에 하나씩 떠나보내는 나무의 모습은 천
명(天命)의 몸짓과 다르지 않다. 자연 관찰을 통해 얻어낸 시
인의 혜안(慧眼)이 여기서 빛을 발한다. 나무처럼 인간도 갈
때가 되면 모든 집착을 떨쳐버리고 부질없는 욕망과 사랑과
'그 사랑의 열매'마저도 바람에 날려버려야 한다.

　소재 ― 사물과 인간의 삶을 '어떻게 접목하느냐'의 문제는
작품성을 보장하는 관건이다. 겨울나무를 관찰하면서 송하

선 시인은 생의 집착에서 벗어나 '부질없는 욕망'을 허허로이 털어버리고 자유인이 되어야 한다는 메시지를 우리에게 전한다. 젊은 시절부터 시인은 그러한 자유인을 꿈꾸면서 '불유구(不踰矩)의 경지'에 이르는 삶을 동경해왔다. 천이두가 「중용적 관조의 시학」에서 지적한 '순명(順命)'의 삶이 그것이다.

전생에 성자(聖者)였던 늙은 소의 모습처럼 그는 묵묵히 우보(牛步)의 삶을 여든 무렵까지 일관(一貫)하고 있다. 유가적 질서의 가지런함과 꼿꼿함을 몸에 익힌 가풍(家風)의 영향도 그의 삶에 작용했을 것이다.

밭을 가는 저 늙은 소(牛)는
아마 전생에 성자(聖者)였을 거다.
한평생을 노동으로
스스로를 불사르는 희생으로
묵묵히 묵묵히 이타적(利他的) 삶을 살았던,
아마 전생에 저 소는 성자였을 거다.

이승에 와서도
헛된 사람들에게 그걸 가르치려
골고다 언덕 십자가 짊어진 예수처럼,
마지막 한 점까지 불사르려고
머나먼 도축장으로
묵묵히 묵묵히 걸어갔을 거다.
　　　　　　　　　　　—「저 늙은 소(牛)는」

한평생 노동으로 자신을 희생하고 마지막 순간까지 스스로를 바쳐 이타적(利他的) 삶의 전형이 되었던 늙은 소는, 인류의 죄를 짊어지고 골고다 언덕에서 십자가에 못 박힌 예수의 숭고한 생애를 떠올리게 한다. 시인이 소를 성자에 비유한 이유가 여기에 있다. "마지막 한 점" 살마저 인간에게 보시하고 이생을 하직하는 소의 이미지가 여러 모습으로 변용되어 송하선 시에서 자주 등장한다. 그것은 마치 그의 또 다른 분신 ― 자화상처럼 그의 시편들에 각인되어 있다.

> 한 발 늦게 사는 사람
> 그게 바로 나일세.
> 세상살이 눈치나 보며
> 살지 않고
> 누구에게 살살거리지 않고,
>
> 소(牛)처럼 조금은 미련스럽게
> 세상을 보는 그런 사람,
> 묵묵히 묵묵히 도저(到底)하게
> 영원을 생각하는 그런 사람,
>
> 그러나 변덕 부리지 않고
> 학처럼 깨끗하게 살고 싶은
> 그런 사람,
> 한번 사귀면

끝까지 버리지 않고
끝까지 믿는 그런 사람,

항심(恒心)을 지니고 있는 그런 사람
그러나 현실살이에 둔감한
조금은 미련한
한 발 늦게 사는 그런 사람.

—「자화상」

이 작품에서 시인은 스스로의 모습을 언어로 형상화하고
있다. 소처럼 조금은 미련스럽게 세상을 보는 그런 사람이 송
하선이다. 그러나 그는 "도저(到底)하게/영원을 생각하는 그런
사람"이다. '영원을 생각하는' 이 구절에서 우리는 송하선의
두 스승 중 하나인 미당 서정주의 문학적 생애를 떠올려볼 수
있다.

영원한 떠돌이 '80 소년'을 사모했던 송하선은 '끝까지 버
리지 않고' 미당의 굴욕적 생애를 '위대한 시의 무당'으로 재
탄생시켰다. 미당이 보여준 애정에 대한 보답을 잊지 않고 출
판한 역저 『연꽃 만나고 가는 바람같이 — 미당 평전』(2008)
이 그것이다. 한의 지혜로운 극복의 결과인 영생주의와 '곡즉
전'의 굽을 줄 아는 풍류를 그는 서정주의 「상리 과원」과 「내
영원은」에서 확인한다. 뿐만 아니라 송하선은 "돌아서 가거
라/……/우리네 살아가는 일은/직선이 아니다/……/그대 돌

아서 가라/……/돌아서 가는 슬기를 배워라/잠시 휘어질 줄 아는/저 난초에게서 담담히"(「곡즉전(曲卽全)」) 배우라고 '그윽한 정서가 깃든 언어'로 자신의 시에서 표현하기도 했다. 그리하여 그는 미당의 시편들이 '보배로운 우리의 정신문화 유산'임을 밝혀냈다.

떠돌이 자유인의 정신적 산책은 삶의 현실을 무시한 정신주의라는 비난의 여지가 있다. 그러나 이것은 곡해(曲解)이다. 곡즉전의 현실 대응적 슬기를 간과해서는 안 된다. 노년의 지혜로 통찰한 '곡즉전'의 논리로 송하선은 미당 서정주의 문학을 구원했다. 뿐만 아니라 미당 사후(死後) 세파(世波)의 조변석개(朝變夕改)한 비난을 몸으로 막아내며 '영원을 추구했던' 그의 시심을 자신의 시문학으로 승화시켰다.

주술을 하듯 시로 말하고 싶었다.
시인은 '신과 인간 사이의 존재자'라던
하이데거의 말처럼,
귀신 곡하게 잘 쓰는 언어의 주술사가
되고 싶었다.

잠자던 귀신도 잠시 눈을 뜨게 할 만큼
주문 외우듯 시로 발음을 하고
상처 받은 자 마음 가난한 자의 가슴을
쓸어내려주는 시인,

그런 언어의 주인공이 되고 싶었다.

그러나 나는
그런 언어의 주인공이 될 수는 없다.
어떤 '시무당'의 그늘에 가리워져 있었고,
그 그늘을 벗어나고 싶었으나
그 벽을 넘어서지 못하고 있었다.

뱉으면 시가 되는, 뱉으면 주술이 되는
그런 '시무당'의 방언
영원 속에 존재할 부족의 방언
그것을 탐구하던 나는
결코 그 벽을 넘을 수는 없었다.

　　　　　　　　　　　　　　　　—「주술을 하듯」

　세상사가 그렇듯이, 간절하게 구하면 찾아지고 두드리면
문은 마침내 열린다. 인간의 생활 세계에 뿌리 박고 있는 문
학도 그렇다. '시무당'의 그늘에 가려져 있던 그가 '그 무당이
하늘로부터 부여받은 자연스런 그 몸짓을 닮아가는' 새로운
무당이 된 것이다. 그의 작품이 그것을 증명하고 있다. 그러
나 그 몸짓—언어 구사와 가락은 스승과 다른 그 자신의 가락
과 언어 구사 — 몸짓으로 바뀌면서 송하선 스타일의 문학적
개성을 보여준다.

보이는구나, 내 지나온 시간,
이 나라의 그 많은 변곡(變曲)의 시간이
가물가물 보이는구나.
어린 날의 잠자리 날개처럼
격변의 시간이 가물가물 보이는구나.

부끄럽구나, 내 걸어온 시간,
질곡의 시대와 이 나라 격변의 나날
바라만 보며 바라만 보며
무엇인가 저만치 두고
소(牛)처럼 미련하게 걸어온 시간이
부끄럽구나.

어떤 이는 인생을 '소풍'이라 하고
어떤 이는 '소요유'라며 살다 갔지만,
모르겠네
나는 겨우 천명(天命)이나 생각하며
무엇인가 저만치 두고
꿈인 듯 꿈결인 듯 걸어왔을 뿐.

"미안하다 미안하다 미안하다"
이제 아득히 저무는 강물처럼
황혼 무렵이 되어 늙은 소년이 되어
부끄럽구나, 정말 부끄럽기만 하구나

─「몽유록 (2)」

199

이 작품에는 늙은 떠돌이 서정주 시인의 모습이 오버랩되어 있다. 그렇지만 유학자적 선비 스타일의 개성과 호흡에서 송하선은 서정주와 기질적(氣質的)인 차이을 보여주고 있다. "보이는구나, 내 지나온 시간,/이 나라의 그 많은 변곡(變曲)의 시간이/가물가물 보이는구나"와 "麝香 薄荷의 뒤안길이다./아름다운 베암……"(서정주, 「花蛇」)은 유사하면서도 다른 느낌으로 다가온다. 특히 두 시인의 작품 상당수에서 반복법이 빈번하게 등장한다는 공통점에도 불구하고 리듬과 호흡의 스타일은 각기 다르다.

"푸르게만 푸르게만…/부끄러운 열매처럼 부끄러운"(서정주, 「瓦家의 傳說」)과 "미안하다 미안하다 미안하다/이제 아득히 저무는 강물처럼"(「몽유록 ⑵」)을 대비해도 마찬가지이다. "石油 먹은 듯…… 石油 먹은 듯…… 가쁜 숨결이야"(서정주, 「花蛇」)나 "가시내두 가시내두 가시내두……/즘생스런우슴은 달드라 달드라"(서정주, 「입마춤」)나 "눈물이 나서 눈물이 나서"(서정주, 「가시내」)를 "묵묵히 묵묵히 걸어갔을 거다"(「저 늙은 소(牛)는」)나 "부끄럽구나, 정말 부끄럽기만 하구나"(「몽유록 ⑵」)와 비교해도 동일한 결론에 이른다. 불필요한 듯하면서도 없어서는 안 될, 이 두 시인의 반복어의 사용은 시문학 이론으로 설명할 수 없는 리듬과 호흡과 자신의 문학적 스타일을 구현하는 개성적 효과를 창출해낸다.

이 모든 작품상의 스타일 ─ 기질이 미당의 생애와 송하선

의 그것을 대변한다. 혹자는 두 시인의 시대 현실이 다르다는
사실로 이의를 제기할지 모른다. 그러나 그렇지 않다. 송하선
도 "질곡의 시대로부터 변곡의 시간들을/돌고 돌아서" 왔다.
"길도 없고 집도 없었던/그때 그 시간"(『머나먼 강물처럼』) '그
흔들리던 시간'들을 그는 "이끌어줄 목자(牧子)도 없이/어디론
지 나아갈 방향도 없이"(『길 잃은 양 떼』) '길 잃은 양 떼'처럼 방
황했다.

"데모 대열에 끼었던 4·19/그리고 학보병으로 입대했을
때/혁명 공약 외우라던 점호 시간,/아아 그날의 무등의 자유/
짓밟히고 짓밟히던 날의 기막힌 암울"(『꿈인 듯 꿈결인 듯』)을 소
처럼 되새김질하며 그는 침묵으로 견뎌왔다. "8·15, 6·25,
4·19, 5·16, 5·18/숫자만 나열하면 아른거리는"(『꿈인 듯 꿈
결인 듯』) 그의 생애에서 '텃밭에 묻어둔 놋그릇 꺼내시며 울던
어머니의 모습'이 아른거리던 시기는 해방기였다. 그 어머니
와 둘러앉아 '풀대죽 끓여먹던 그 시절'은 동족상잔의 비극이
벌어졌었다. 단순히 나열된 그 숫자들은 송하선 시인이 '머리
로 상상하는 관념의 역사가 아닌, 몸으로 겪은 고난의 실제
역사'였다.

   3

 "담담(淡淡)한 속에 터전을 두고" 있는 송하선의 시편들은

"한국 선비의 담담한 걸음 그것이다."(이동주, 「학발대가(鶴髮大家)가 되기를」) "묵향(墨香)이 짙은 가문에서 태어나 글자 한 획 흐트러뜨리지 않는 절도(節度)를 배우고" "선비의 굳은 심성"을 익힌 "곧은 품성"(홍석영, 「외로운 영혼의 편력(遍歷)」)이 송하선 시심(詩心)의 밑바탕을 이루고 있다. 그 시심을 익히며 그는 팔십 노령(老齡)에 이르렀다.

늙는다는 것은 '외로운 섬'으로 남는 일이다. "세월이 갈수록 시간이 갈수록/홀로 우두커니 남아서/섬"(「늙어간다는 것은」)이 된 시인은 무심히 석양의 해를 바라본다. 우두커니 앉아서 '평온하게, 더없이 평온하게' 외딴섬처럼 붉은 일몰을 온몸으로 영접한다.

　　　　내가 스스스 저세상에 갈 때
　　　　저 붉은 일몰의 순간처럼
　　　　평온하게, 더없이 평온하게
　　　　이승을 하직할 수 있다면,

　　　　밤 바닷물이 스스스 잠들듯
　　　　더없이 평온하게 잠들 수 있다면,

　　　　저 붉은 일몰의 순간처럼
　　　　아름답게, 더없이 아름답게
　　　　저 하늘이 목화솜처럼 물들듯
　　　　더없이 평온하게 스러질 수 있다면,

그리하여 그 어디 내생에서라도
그대와 함께 어느 별나라에
꽃처럼
다시 부활할 수 있다면,

얼마나 아름답고 눈부신 기쁨이랴.
얼마나 황홀한
윤회로서의 만남일 것이랴.

　　　　　　　　　　　　　—「저 붉은 일몰의 순간처럼」

　붉은 일몰의 순간처럼, 잦아드는 밤 바닷물처럼, 하늘의 목
화솜 구름처럼 더없이 평온하게 스러지면 그것이 다시 아름
답고 눈부신 부활을 기약하는 것이다. 어느 별나라에서 꽃처
럼 부활하는 것이 황홀한 만남이고 윤회이다. 마지막 순간의
아름다운 삶을 그려보는 그 마음속에 스스로 젖어들면서 시
인은 우두커니 앉아 섬이 되어 날마다 소소한 행복을 찾는다.
가을 산책길에 들꽃 한 송이와 눈 맞추는 그것도 그가 누리는
한순간의 작은 기쁨이다.

　　마음에 드는 돌 하나를 주워 들고
　　아내와 함께 집에 돌아온다는 것,
　　가을날의 산책길에
　　들꽃 한 송이 풀꽃 한 송이 눈 맞추는 것도
　　하나의 소소한 행복이다.

오늘 하루의 산책길에서는
세상의 속된 일이나 가난에 대하여
혹은 부자에 대하여, 궁핍에 대하여
말하지 않는다.
그저 자연인의 자격이 되어
맑은 마음이 되어 돌아오는 일이다.

오늘 하루 소소한 행복에 젖는 것은
속된 일에서 벗어나는 일이다.
이쁘게 잘생긴 돌 하나를 주워 들고
황혼녘 햇살 받으며
아내와 함께 집에 돌아오는 일이다.

—「소소한 행복」

자연과 더불어 소소한 행복에 젖어 소요유하는 시인도, '결
핍을 안고 상실을 안고' 짧지 않은 여든 살을 꼿꼿이 견뎌왔
다. "무언가 잊어버린 것처럼, 무언가/두고 온 것처럼/더러
는 쓸쓸하게 더러는 애틋하게"(「몽유록 (6)」) 그는 묵묵히 운명
이 부여한 생의 '종착역'을 향해 소의 보법(步法)으로 가고 있
다. "잔잔하면서도 도저(到底)한 형이상학(形而上學)들과 거
기 맞추기에 무척 애쓴 흔적이 역연(歷然)한 우리말의 미학(美
學)"(서정주, 「시의 영생(永生)이 두터웁게 더 두터웁게 되어 가기만
을」)을 그의 시에 펼쳐놓으며, 송하선은 우보(牛步)의 걸음을
멈추지 않고 있다. 그러나 그는 "결코 가볍지만은 않은/황혼

의 시간"에 과거의 "내 사랑과 내 죄업은/과연 무엇인가?"(「몽
유록 (6)」) 자문하며 달이 흐르는 강물처럼 내생에서 다시 만날
그대를 기약하는 노년의 희망을 놓아버리지 않았다.

> 달이 은은하게 흐르는 강물처럼
> 그대와 함께 흐를 수 있다면
> 어디 내생에서라도 다시 만나
> 그대가 달이 되어 흐를 수 있다면,
>
> 은빛으로 그윽히 반짝이는 강물
> 산기슭을 휘돌아 흐르는 것처럼
> 달을 안고 은빛 물살 이루며
> 굽이굽이 휘돌아 흐를 수 있다면,
>
> 드디어 은빛 드넓은 바다에 닿아
> 눈먼 거북이가 나무토막 만나듯
> 바다에서 그대와 다시 만나
> 은빛 물살 이루며 함께 갈 수 있다면,
>
> 안개꽃처럼 은빛 물살 이루며
> 영원의 바다에 닿을 수 있다면
> 그대와 내가 안개꽃처럼
> 영원의 섬나라에 닿을 수 있다면,
>
> ─「달이 흐르는 강물처럼」

달이 흐르는 강물처럼 멈추지 않고 유유히 흐르는 노시인의 삶이 아름답다. 강의 물살처럼 송하선은 자연의 흐름을 삶의 리듬으로 받아들인 듯하다. 그가 동경하던 자유인의 삶을 누리며 그의 발자국이 닿는 그곳이 길이 되어 후학의 걸음걸이를 순조롭게 만든다. 이것 또한 노년의 삶을 이타적(利他的) 생으로 이끄는 '우보(牛步)의 지혜'이다. "자연과 삶과 죽음을 통합적으로 인식하는 현자(賢者)의 세계에 이르러 있음"(홍기삼, 「현자(賢者)의 세계에 이르러」)을 「달이 흐르는 강물처럼」이 다시 한번 일깨워준다.

　소의 걸음에 비유되는 그의 삶을 오해해서는 안된다. 그것은 일이관지(一以貫之)한 성실한 선비적 보행(步行)을 지시한다. 바른 걸음으로 앞만 보며 '미의 진실을 찾아가는 길'을 밝히기 위해 두 스승 중 하나인 석정(夕汀)이 전해준 '서정의 등불'을 그는 꺼치지 않았다. 자신을 성찰하며 생의 진실을 묵상하는 고독한 순례자의 삶은, 그의 스승 석정의 예술적 발걸음과 보조(步調)를 같이했다.

　「젊은 시인에게 보내는 편지」에서 '시문학에 종사하는 것은 인생을 충실하게 살자는 데' 그 목표를 두어야 한다고 석정은 말했다. 생활 태도가 그 시인의 작품을 결정하는 바로미터이다. 생활에의 결의와 그 실천이 바탕이 된 시 정신의 근간은 신념에 있다. 그 신념은 지조로 통한다는 스승의 예술관(藝術觀)을 송하선은 시작(詩作)에서 한 치의 어긋남 없이 실천해왔다. 절대 서정의 미를 찾아 순례한 기록들이『몽유록』의 여기저기서 별빛처럼 반짝이는 까닭이 여기에 있다. 난삽하지 않고 정갈한 서정미가 단순하고 소박한 그의 시에 넘쳐난다. 그 속에 놀라운 삶의 지혜가 녹아 있다.

'창문 열고 바라보면' 주위의 집들이 평온해 보인다. 그러나 "한 걸음만 더 들어가 보면/집집마다 아픔이 하나씩" 있다. "집집마다 커튼을 드리우고 있지만,/한 가닥만 젖히고 들어가 보면/하나씩의 절망이 자리"(『집』) 잡고 있다. 나만 아프고 불행하거나 너만 행복하고 건강한 것이 아니다. 인생사 모두 비슷비슷하다. 이 땅의 절망스런 청춘들과 중년들은, '시인이 말한 그대로가 우리들의 참 인생이 아닌가' 곰곰이 되새겨볼 일이다.

"산과 들과 초가지붕 아래/어두운 그림자"가 있기 때문에 '달밤이 아름다운 것'이다. 시인 나이에 '멈춰 서서' 생각하면, "인생이 더욱 아름다운 것은/굽이굽이 생의 길목마다/어두운 터널"(『달밤』)이 있기 때문이다. 코딱지 풀꽃은 냉혹한 겨울의 추위를 "당찬 기개"(『코딱지 풀꽃』)로 이겨냈기에, '영롱한 얼굴'로 봄에 피어날 수 있는 것이다. "겨울 눈발 날리는 속"에서 그 눈발을 "이겨내야 하는 삶의 무게"를 안았기 때문에 양배추는 "꽃보다/더 고운 치마를 입고"(『양배추 꽃』) 그 모습을 드러낸 것이다. 삶의 무게를 견뎌내고 생의 길목에 가로놓인 어둠의 터널을 이겨내는 삶의 지혜는 특정 세대의 생에 국한되는 것은 아니다.

송하선의 시에는 청년 세대와 중년 세대 모두가 가슴 깊이 새겨야 할 교훈으로서의 '생철학'이 펼쳐져 있다. "어둠의 터널을 건너고 있는/그대, 젊은 아르바이트생들아" "조금은 더 실패할지라도/그러나 더욱 한 길로 나아가라./결핍이 사람을 만든다는 걸/굳게"(「부평초」) 믿어라. 형체도 없고 무늬도 없는 인간 생활의 희로애락이 허허로운 가락으로 그의 시편에 펼쳐져 있다. 그 가락 속에 "안개보다 노을보다도"(「안개보다도 노을보다도」) 아름답고 향기로운 삶의 진리가 밤하늘의 별처럼 포진해 있다.

물욕을 경계하며 마음을 비우는 그 순간 텅 빈 시인의 마음에서 신성(神性)이 깃든 시무당의 언어가 춤을 춘다. 석정과 미당이 못다 풀어 쓴 서정 미학이 자리 잡은 『몽유록』은, 다양한 삶의 실경(實景)을 음미하고 감상할 수 있는 기회를 우리에게 제공하는 데 부족함이 없다.

4

시인으로 교육자로 '멍에'를 짊어지고 공적 인생을 마감하는 소회를 『송하선 문학앨범』(푸른사상사, 2004)에서 시인 스스로 피력했다. 멍에를 짊어진 '소(牛)'의 보법(步法)으로 그는 변함없이 '산수를 맞이한 오늘'까지 살아왔다. 「四壁頌」의 시인 변영로처럼 그는 세상의 풍파에 휘둘리지 않으며 자신의 길을 개척해왔다. 그런 그가 정년 이후 자연과 더불어 담담하고 허허롭게 생을 관조하는 시집 한 권을 묶어낸다.

 꿈속을 노니는『몽유록』에는 가필(加筆)된 이전 작품들이 배치되어 있다. 이것은 시인 자신의 시적 도정(道程)을 종합하려는 의지가 반영된 것이 아닌가 생각된다. 반신수덕(半身修德)의 자세로 일이관지(一以貫之)하려는 항심(恒心)에서 비롯된 것을 수도 있으며, 그 항심의 이면에는 자신의 시세계의 일관성을 독자에게 재확인시키려는 간절함도 작용했을 것이다. '허기진 존재'로서 채울 길 없는 절대고독의 그 허기를 달래기 위해 젊은 시절부터 '꽃비 내리는 마을'을 찾아가는 한 마리 나비의 모습이 이번 시집에서도 확인된다는 점에서 그렇다.

 시집 제목에 암시되었듯이, 몽유(夢遊) 속에서 시인은 '미의 결정'을 향해 힘찬 발걸음을 내딛고 있다. 이것이 절대적인 미의 세계에서 소요유하려는 마음가짐을 버리지 않았다는 증거이다. 예술의 세계에서 늙음은 문제가 되지 않는다. 막다른 길에 이르면 또 다시 길이 있다. 남명 조식의 "유시궁도환유로(猶是窮途還有路)"(『山中卽事』)가 그것이다. 나비가 되어 꿈속을 헤매며 꽃비 내리는 마을로 가는 '또 다른' 그의 예술적 행로가 망백(望百)까지 이어질 것이다. 그리하여 '미당과 석정의 예술정신이 밑바탕을 이룬 그의 서정적 언어와 조우(遭遇)할 수 있는 기회가 우리에게 주어지기를 바란다.

■ 송하선 연보

1943~1956	조부 유재(裕齋) 송기면 선생으로부터 한문과 서예 지도받음
1954~1957	남성고등학교 졸업
1957~1963	전북대학교 문리과대학 국어국문학과 졸업, 중등학교 2급 정교사 자격 취득
1961~1963	학보병으로 군 복무
1958~1961	신영토(新領土) 문학 동인
1958~	『전북대신문』 문예현상모집에 시부 입선(辛夕汀 選)
1963~	『전북일보』 신춘문예 현상모집에 시부 입선(辛夕汀 選)
1964~1971	원광여자고등학교 국어교사
1966~1967	시 동인지 『南風』 편집인(同人 : 박항식, 조두현, 이병기, 송하선, 이광웅, 유근조, 채규판, 정양 등)
1967~	한국언어문학회 회원
1970. 8.15.	내무부장관 표창장
1970.11.20	제1시집 『다시 長江처럼』(금강출판사) 출간
1971. 5.20.	한국문인협회 회원

1971~1979	남성고등학교 교사
	중등학교 1급 정교사 자격증 취득
1972~1979	한국문인협회 이리지부장
1972~	한국현대시인협회 회원
1973~	가족시서화전 개최
	(글씨 : 剛菴 宋成鏞, 我山 宋河英, 友山 宋河璟,
	그림 : 碧川 羅相沐, 碧河 宋桂一,
	시 : 未山 宋河璇)
1974~1977	고려대학교 교육대학원 졸업
1975~	제2시집 『겨울풀』(창원사) 출간
1976~	『국어완전학습자료집』(한국능력개발사) 출간(전 6권 한자 집필)
1977~	전라북도 문화상(문학부문) 수상
1978~	저서 『詩人과 眞實』(금화출판사) 출간
1979~1980.6	전북대학교 강사
1979~	제4차 세계시인대회 참가
1980.6.1	전주우석대학 국어국문학과 전임강사
1981.3.10	국어국문학회 회원
1981.10.25~10.10	새마을교육(사회지도자반) 연수
1981.11.20	저서 『韓國現代詩 理解』(금화출판사) 출간
1981.11.20	전북대상(학술상) 수상
1982.3.1~1986.2.28	전주우석대학 도서관장
1982. 2.20	전주우석대학 재무위원
1982. 5.18	제1회 대한민국 미술대전(서예부문) 입선

1982.6.30~1984.2.28   전주우석대학 학도호국단 지도위원

1982.10.1~1986.9.30   전주우석대학 국어국문학과 조교수

1983. 9.1   전주우석대학 상벌위원회 위원

1984. 3.15   번역서『中國思想의 根源』(중국문화대학 이사장
張其昀 저)(공역)(文潮社) 출간

1984. 2.28   중국(대만)문화대학 중화학술원에서 명예 문학
박사 학위 받음

1984.2.18~2.24   중국(대만)한국연구학회에서 논문 발표(주제 :
중 · 한 현대시에 나타난 민족의식의 표출)

1984.1.1~1984.12.31   전주우석대학 인사위원

1985   한국시문학회 회원

1985. 9.15   제3시집『안개 속에서』(학문사) 출간

1985.10.27   7급 지방공무원 임용시험 출제위원

1986.2.20~1989.2.28   전주우석대학 대학원 국어국문학과 주임교수

1986.3.1~1987.9.30   전주우석대학 2부 학부장(야간대학장)

1986.10.1~1991.9.30   전주우석대학 국어국문학과 부교수

1987.3.20   우석 서정상 박사 회갑기념문집 간행위원

1988.5.10   우석대학교 개교 10년사 편찬위원

1988.11.29~1992.2.20   전라북도 도정 자문위원

1988.7   제1회 亞洲作家大會 참가

1989.9.23~10.1   제54차 국제PEN대회에 한국대표단으로 참가(캐
나다 토론토 및 몬트리올)

1989.12.5   문교부장관 표창장

1990.3.2~1991.2.28   우석대학교 대학원 국어국문학과 주임교수

1990.9.1~1992.12.31	우석대학교 국어국문학과 학과장
1991.5.1~	고려대학교 교우회 이사
1991.2.26~1992.2.28	우석대학교 인문학부장
1991.3.2~1992.2.28	우석대학교 대학원 주임교수
1991.10.1~2004.2.28	우석대학교 국어국문학과 교수
1991.10.15	저서『未堂 徐廷柱硏究』(선일문화사) 출간
1992.9.20	저서『한국의 현대시 이해와 감상』(선일문화사) 출간
1992.3.1~1994.2.28	우석대학교 대학원 주임교수
1992.6.1	이철균 시비 건립추진위원(시비 비문 글씨 씀)
1992.7.1	김해강 시비 건립추진위원
1992.7.25.~1994.7.22	전북지역 독립운동기념탑 추진위원 겸 독립운동사 편찬위원(독립운동기념탑 글씨 씀)
1992.10.5	12회 도민의 장 심사위원
1992.10.26	제33회 전라북도 문화상 심사위원
1993.2.15~1995.6.27	전주직할시 승격 및 범시민추진위원회 자문위원
1993.3.1~1994.12.31	우석대학교 인문학부장 겸 대학원 주임교수
1994.4.11	완주군 이미지 가꾸기 자문 및 심사위원
1994.11.22	"바른교육 큰사람 만들기" 高大 VISION 2005 발기인
1995.12.23	맥(貘)동인회 회원(同人 : 피천득, 이원수, 김상옥, 김원길, 송하선 등)
1997.1.25	저서『시인과의 진정한 만남』(배명사) 출간
1997.7.15	미당 시문학관 건립추진위원회 상임자문위원

1998.3	한국법조 삼성인(三聖人)동상 건립 추진위원
1988.5.10	제4시집 『강을 건너는 법』(새미출판사) 출간
1998.9.10	저서 『한국명시해설』(푸른사상사) 출간
1998.6.5	『미산 송하선 교수 회갑기념 논문집』 간행
1998.7.21	KBS 전국 시 낭송대회 심사위원장
1998.12.29	풍남문학상 수상
2000.10.15	저서 『서정주 예술언어』(국학자료원) 출간
2000.10.28	한국비평문학상 수상
2000.10.30	번역서 『유재집(裕齋集)』(이회문화사) 출간
2002.4.15	저서 『夕汀詩 다시 읽기』(이회문화사) 출간
2002.5.4	백자예술상 수상
2002.6.15	제5시집 『가시고기 아비의 사랑』(이회) 출간
2002.5	〈한・일문화 교류회〉 일원으로 일본 지바현(千葉縣) 세미나에 참가
2003.3.1	우석대학교 인문사회과학대학 학장
2003.5.24	제6시집 『새떼들이 가고 있네』(리브가) 출간 장서 5000권 우석대 도서관에 기증
2003.7.18	『시적담론과 평설』(국학자료원) 출간
2003.8.30	우석대학교 교수 정년퇴임(명예교수 추대장 받음)
2004.9.30	『송하선 문학앨범』(푸른사상사) 출간
2008.10.25	미당평전 『연꽃 만나고 가는 바람같이』(푸른사상사) 출간
2011.11.10	제7시집 『그대 가슴에 풍금처럼 울릴 수 있다

면』(발견) 출간

2012.11.16	제8시집『아픔이 아픔에게』(푸른사상사) 출간
2013.7.17	신석정 평전『그 먼나라를 알으십니까』(푸른사상사) 출간
2016.7.14	미당문학회 창립 고문
2017.8.10	제9시집『몽유록』(푸른사상사) 출간
2017.12.20	제54회 한국문학상 수상
2020.8.15	제10시집『싸락눈』(푸른사상사) 출간